メディアワークス文庫

夏空と永遠の先で、君と恋の続きを

姉崎あきか

目　次

あの夏に置き去りにしてきたものを僕はまだ想《おも》い出《だ》せずにいる。
たとえばそれは他愛のないものかもしれない。
夏草を踏む素足のスニーカー。
お祭りの境内の裸電球。
通り雨が上がったあとの植物の匂い。
プールサイドから投げ返した浮き輪の水玉模様。
半分凍った冷やしパイン。
大人になっても忘れぬよう。
長い年月を隔てても色褪《いろあ》せぬよう。
封をしたまま開かなくなった虹色の缶詰みたい。
僕はいつでもさがしている。
花火が照らした誰かの横顔を。
こわばっていた心を溶かした何かを。
あるいは、泣きたいほどに青い夏空の下。
互いを忘れたことさえ忘れてしまった、恋人たちのお話を——。

第一章　きみだけが、昨日と同じように違っていた

はじめに気づいたのは雲の形だった。

目に沁《し》みるほど青い空、そびえる入道雲の横に数字がある。筋雲が描くいびつな形は「20」。昨日より数がひとつ減っていた。

「にじゅう?」

声に出して読み上げてしまい、首を振る。そしてつい首を振ってしまったことを後悔する。

どうでもいいことだ。雲が数字に見える日だって時にはあるだろう。二日連続だからなんだ。意味のない偶然など考えるだけ無駄。首を振るのに消費するエネルギーだってタダではない。しなくていいことをする必要はない。

僕はまばゆすぎる空から目をそらした。自室のある離れを背に、芝の繁《しげ》る庭園を突っ切る。

降りしきる蟬《せみ》の声。

肌を撫《な》でる熱気。

むせるほどの草いきれ。

鯉《こい》が泳ぐ池の橋を渡ると、夏空を切りとって四階建ての和洋館がそびえている。築百年を超え、修繕や改築を繰り返しながらも明治時代の趣《おもむ》きを残すレトロなたたずまい。歴史も規模も澪島《みおじま》で一、二を争う老舗旅館「ゐりゐ屋《や》」の本館だ。

僕はたいらげたばかりのまかない膳を持ったまま、従業員通用口の前に立った。自動ドアがひらき、よく冷えた風が吐き出される。サンダルからスリッパに履き替え、厨《ちゅう》房《ぼう》に顔を出す。

「おはようございます！」

せっかく張り上げた声は喧騒《けんそう》にかき消えた。調理師や仲居さんはそれぞれの仕事に精を出している。こちらに気づく者はいない。発声のために費やしたカロリーがもったいないが、この無駄はいたしかたない。朝の挨拶は仕事のうちなのだ。たとえ誰も聞いていなくとも。

これ、ごちそうさまでした、とワゴンに空の膳を載せ、僕は踵《きびす》を返した。

いい音で床をきしませる木造の回廊を行き、ロビーにおもむく。

ホテルのラウンジを思わせるロビーはひっそりとしていた。革張りのソファに座る客はいない。抑えた音量でテレビがついているだけだ。

柱時計の鐘が鳴った。時刻は八時半。

たいていのお客さんは朝食を終え、食休みや荷物の整理をしている頃である。もう間もなくすればチェックアウトラッシュがはじまる。旅館が一番忙しくなる時間帯だ。

ふと、ラックに吊《つ》られた新聞に目がとまった。

一面の写真に見憶《みおぼ》えがある気がしたのだ。目を凝らすと、写真も見出しの文字も昨日と同じく、フェリー会社と大手商社の業務提携を報じていた。一部、手に取って確認する。欄外の日付は「八月三十日」だった。

僕は玄関脇におもむき、フロントの奥に声をかけた。

「新聞、換え忘れてますよー」

よく勘違いされるが、離島だからといってかならずしも新聞配達が遅れるわけではない。伊豆半島《いずはんとう》から百五十キロメートル離れたこの島でも、ローカル紙ならちゃんと当日朝に届く。

「おぉ、渚沙《なぎさ》か」

奥の事務室から出てきたのは、スタジアムジャンパーをまとった五十がらみの男性だ。肩をいからせて歩み寄り、僕の頭をホールドする。そのまま首の骨を折られそうな勢いだが、彼は甘えた猫みたいな声で言った。

「お・は・よう・さん」

島のチンピラではない。ゐりゑ屋の四代目オーナー兼支配人。僕の伯父だ。オーナーが事務室にいるのは珍しい。そういえば昨日の朝もいたよな、と思いながら挨拶を返す。

「新聞やっときましょうか?」

「いや、この旅館で一番ヒマな俺がやっとくぜ」

僕は苦笑して、筋肉質な腕から抜け出した。

「じゃ、プレイルームの清掃に入っちゃいますね」

二階にある卓球台やメダルゲームまわりの掃除は僕の担当だ。

「渚沙よぉ、大事な時期だろ。毎日手伝ってくれなくても全然いいんだぜ？」

「それ、昨日も聴きました」

「あん？　そうだっけか。まぁ、何度でも言うぜ。これまでもずっと俺ら夫婦の力になってきてくれたんだ。今年くらい勉強に集中したって誰も怒らねぇ……」

「伯父さん」

僕は言葉を続けようとするオーナーを制した。

「恩返しの機会を取りあげないでください」

しなくていいことはしない。だけど、旅館の手伝いは僕にとって人生の目的と言っても過言ではない仕事だ。

「僕がどれだけ伯父さんたちに感謝してるか知らないでしょ」

二度と逢《あ》うことはないだろう父と、もう何年も逢っていない母の顔が思い浮かんだ。

僕はかぶりを振って脳内の映像をかき消す。

「勉強はしてますからご心配なく。浪人しちゃってすみませんでした」

「あ、いや、あやまんな馬鹿。そんなつもりで言ったんじゃねぇから勘違いすんなよ殺すぞ」

　いかめしい顔が泡を食ったようにうろたえる。

「次は絶対失敗しません。伯父さんたちに厄介になるのは今年で最後……」

　ふたたび頭をホールドされた。続きは喋《しゃべ》らせねぇぞ、とでもいうように、きつく頸動《けいどう》脈《みゃく》が圧迫される。視界が白く染まり、意識が遠のきそうになった。僕は丸太のような腕を二度叩《たた》き、降参の意を示した。

　伯父はほとんど聴こえないくらいの声でつぶやいた。

　──厄介だなんて思ったことねぇよ。

　猫なで声が僕の心の影にそっと寄り添う。消えない過去が優しく肯定されていくようで、あやうく涙ぐみそうになった。

「けどよぉ」

　僕を締め技から解放すると、伯父は煮え切らない様子で言った。

「マジで勉学に専念したっていいんだぜ。十九の、人生これからって青年が勉強しないでどうすんだよ」

「伯父さんて十代の頃何してました？」

「喧嘩《けんか》」

　僕は大げさにため息をついてみせた。伯父は眉間の傷をゆがませて微笑《ほほえ》む。

「ま。俺は俺、てめぇはてめぇだ。しっかり勉強しろや」

「どの口が言う」

伯父はがっはっは、と豪快に笑った。

昨日――というか、いつもと似たようなやりとりを切りあげ、プレイルームに向かおうとすると、呼びとめられた。

「おい待てって」

『続いてお天気です』

そのとき、つけっぱなしだったテレビで天気予報がはじまった。

ロビーに目を向ける。先ほどはいなかった老紳士がソファに座り、リモコンを手にしていた。彼が音量を上げたのか。

白髪。館内着の作務衣《さむえ》。無料サービスのコーヒーを片手に、脚を組む姿。

とてつもない既視感をおぼえた。

この人、昨日の朝もロビーに来なかったか。連泊のお客さんだろうか。だけど――。

正体をとらえきれない違和感につつまれたのも束《つか》の間《ま》、続くテレビの音声に僕は絶句した。

『八月三十日、金曜日の全国のお天気をお伝えします。西からは低気圧や前線が近づいて……』

昨日とまったく一緒の予報が告げられた。

予報だけではない。

日付までもが、前日と同じだ。

ちなみに実際の天候はおおむね予報どおりだったと記憶している。

先ほどはあんなに晴れていたのに、昼に天候が崩れはじめる。三時頃には雷をともなう嵐になるものの、雨脚は早く、夕方は快晴。日が暮れれば澪島らしい美しい星空が見られるようになる。

夜には予定どおり祭りが決行され、夏の大三角形を背に花火が打ち上がるのだ。

予知夢。

そんな言葉が浮かんだ。

昨夜はいつもどおり夕食の給仕の手伝いを終えてから、離れにある自室に帰った。ラジオを聴きながら勉強し、日付が変わる前には床に就いた。寝つきは悪くなかったように思う。

夢は見ただろうか。

よく憶えていない。見たような気もするし見ていない気もする。目を覚ましたとたん、忘れてしまうようなふたしかな夢だったのかもしれない。

その忘れてしまった深い夢の底で、僕は今日起こることを事前に「視《み》た」のだろうか。

でも予知夢って、もっとふわっとした未来視ではないのか。事が起こってからようやく「あれは予知だったんだ」と思えるくらい抽象的なイメージであるのが一般的ではなかったか。

僕が憶えている〝今日〟は、解像度の高いカメラで撮った動画のように鮮明だ。新聞の写真。伯父のスタジアムジャンパーの色。老紳士のコーヒーカップの柄。テレビの天気図も、記憶と寸分違わない。

まるで――。

一度過ごした日をもう一回、繰り返しているようだった。

もし、今日が〝昨日〟をリピート再生しているのだとしたら、伯父は間もなくこう口をひらく。

――渚沙、ちょっと頼まれてくれねぇか。

伯父と目が合う。彼は拳を握って僕を手招いた。

「プレイルームの清掃はいいからよぉ」

招き猫のような仕草で猫なで声を出す。

「渚沙、ちょっと頼まれてくれねぇか」

肌が粟立《あわだ》った。なんなんだこれは。心臓が強く打つ。僕は呆然《ぼうぜん》として伯父の声に耳を傾けた。

オーナーは一言一句、昨日と変わらない言葉で僕に頼み事をした。

用事を伝え終えると、伯父はロビーのマガジンラックに向かった。吊られた新聞を手に取り、

「あん？」

と首を傾《かし》げる。

「ちゃんと今日のがセットされてるじゃねぇか」

テレビの音声が流れている。天気予報は終わっていた。アナウンサーは昨日と同様、暑さと雨に注意をうながし、ニュース番組を締めくくった。

伯父の依頼は〝昨日〟と一緒だった。

東京から来たお客さんたちを迎えに港へ行ってきてくれ、というものだ。

ゐりゑ屋は港から近い。通常ならわざわざ客を迎えにゆくことはない。が、このグループは何やら大きな荷物を持ってきているらしく、早めにチェックインさせてほしいと連絡があったそうだ。無理な要求でないかぎり客の要望には応える。その際、最大限のおもてなしを忘れない。それがゐりゑ屋の——というか、もとホテリエである伯母の方針だ。

代表者の氏名は「藤壺《ふじつぼ》ひまり」。

連れは二名。

三人とも女性だ。都内の私立大学に通う四年生。卒業旅行らしい。らしい、というか実際に僕は〝昨日〟、彼女たちに逢っている。目をつむれば、三人の姿をまぶたの裏に描ける。「大きな荷物」の正体もわかっていた。

もちろん、この記憶が正しければの話である。

僕はポロシャツの胸ポケットに名札をはさみ、台車を押してゐりゑ屋の敷地を出た。

ひらけた視界に映るのは大海原。弧を描く水平線と、太平洋に浮かぶ島々だ。

手が届きそうなほど近くに見えるのは、標島《しるべじま》。この澪島のパートナーともいえる観光地だ。かつては地続きだったといわれるふたつの島を、今は村営の定期船が繋《つな》いでいる。

澪島と標島は、伊豆諸島で大島《おおしま》に次ぐ人気を誇る火山島だ。

おもな観光資源は、繊細なリアス式海岸や海中温泉、奇岩に囲まれた秘湯、コーガ石という珍しい火成岩で作るガラス細工、海のめぐみを楽しめる郷土料理などなど。とりわけ「神秘の浜」といわれる遠浅の海水浴場は美しく、フォトジェニックな景色を求める旅人が殺到している。サーファーやシュノーケラーからの人気も高い。

僕は台車を支えつつ、重力にしたがって坂を下る。潮の香りをふくむ風が純白のポロシャツをはためかせた。

眼下には港湾がふたつある。左は地元民のための漁港、右は客船用の船着き場。目的地は後者だ。

潮騒《しおさい》と海鳥の鳴き声が近づいてくる。食堂やおみやげ屋、文具店や楽器店まである商店街を抜けると、まずはこぢんまりとした波止場にたどり着く。こちらは漁港のほうだ。

堤防に囲まれた区画には小型の漁船が泊まっていた。ボディには「みなと丸」の文字。書展の一角に並んでいてもおかしくないほど芸術的な書体だ。

デッキには湊《みなと》の姿があった。漁から帰って来たばかりのようだ。

こんがりと焼けた肌。在学中は、海で傷んで脱色されたと言い張っていた金髪。半年前に卒業した「島高《しまこう》」の同級生である。数少ない、島に残った同年代のひとり。先輩も同級生も、ほとんどの学友は就職か進学で本土へ渡ってしまった。ちなみに澪島に高等学校はないので、ここらで島高といえば標《しるべ》島高校《じまこうこう》のことを指す。

漁船のまわりにはウミネコが、みゃあみゃあ言いながら群がっていた。

「いりえー！」

こちらに気づいた湊は僕を呼びながら空に小魚を放り投げた。傷物のイサキか何かだろう。魚が放物線を描く前に、一羽のウミネコがキャッチする。海鳥の群れがざわめいた。

湊はもう一方の腕も頭上にかかげ、両手を振った。

「いりえ、いりえ、イリエッティ！」

子供みたいに跳びはねる。船が傾き、鈴なりの集魚灯が揺れた。

僕は最小限の動きで手をあげ、わずかにあごをひいた。もちろん無言で。

あきれるくらいに昨日と同じ光景だった。


漁港を左手に観光協会の案内所を過ぎ、目的地に着いた。

ちょうど大型客船が入港したところだった。

白地に青い幾何学模様が描かれた船体。全長百メートルを超える巨体が波を押しのける様はいつ見ても壮観だ。

真夜中に東京港の竹芝《たけしば》ターミナルを出航した夜行便である。伊豆諸島のほかの島々に寄港しながら、九時間かけてやって来た便だ。観光客にとってはこの船と、下田《しもだ》から出るフェリー、竹芝や久里浜《くりはま》から乗れるジェット船などが澪島へのおもな交通手段となる。

接岸した船が乗客を吐き出しはじめた。昨日はこのなかから目的の女性グループを探すのに手間どった。だが、すでに三人の背格好も服装もわかっている。

一番の目印は「荷物」だ。

僕は、黒いカバーにくるまれた巨大な長方形を探す。

すぐに見つかった。船尾側の下船口、背の低い子が大きな四角形を担いでいる。中身は八十号のキャンバスだ。

瞬間、違和感をおぼえた。

待て。

何かが昨日と違う。僕は息をのみ、あたりを見まわした。違和感の正体を探る。

埠頭《ふとう》を埋めつくす観光客。

消し波ブロックの上で昼寝をする野良猫の毛並み。

火照った肌を心地よく冷やす風の温度。

蟬しぐれとウミネコの鳴き声。

寄せては返す波と潮騒。

灯台。水平線。

自分が何に引っかかったのか、わからない。喉にアジの小骨が刺さったような気持ち悪さを感じつつ、向きなおる。

三人が一列になってタラップを下りてきた。

「島全体がパワースポットって感じ」

背の高い、ショートボブの女性は「あまみちゃん」。昨日はそう呼ばれていた。漢字で「天海《あまみ》」と書くことは把握しているが、名字なのか名前なのかは未確認だ。

「海も空も綺麗《きれい》。モノクロ原稿ならベタで真っ黒に塗りたいねぇ」

髪をツインお団子に束ねた、黒縁メガネの子は「浜辺《はまべ》さん」。キャンバスは彼女のものである。夏休みの内に完成させたいアクリル画なのだそうだ。

そして——。

「…………」

終始無言で船を降りてきたのが「藤壺ひまり」。

僕のこの女性への印象は、はっきりいってものすごく悪い。

風になびく栗色《くりいろ》の髪はセミロングのストレート。頭の形がわかるほどぺしゃっとした猫っ毛だ。左耳の上で珊瑚《さんご》の飾りをあしらった赤い髪留めが揺れている。

リゾートらしい小花柄のワンピースをまとい、ストライプのキャリーケースを引く姿は一見すると華やかだ。目鼻立ちも整っていて、ぱちぱちと音がしそうな長いまつ毛が美しい。だが、彼女の表情が華やいだ雰囲気を壮絶に打ち消していた。

目が、死んでいる。

冷凍され本土への出荷を待つ魚だって、もっとましな目をしている。

何にそれほど絶望しているのだろう。

いや、絶望という単語が持つ積極的なエネルギーは彼女からは感じられない。名前に引っかけていえば、彼女の瞳は、死んだフジツボに穿《うが》たれたままの穴のような虚《うろ》だった。

僕は波止場に降り立った三人に声をかけた。

「はじめまして。ゐりゑ屋の入江渚沙《いりえ》です」

自分としては初対面のつもりはないが、昨日と同じように名乗る。迎えに来たことを告げると、天海さんが昨日と同じことを言った。

「もしかして跡取り息子？」

「玉《たま》の輿《こし》狙うなぁ」

浜辺さんのキャンバスの角が天海さんの額を打つ。

「狙ってないから」

「いえ。オーナーは伯父です」

四代目夫婦に子供はいないが、あえて言う必要もない。

「残念だったねぇ」

ふたたびキャンバスが天海さんの頭に直撃。

「だから狙ってないから。角やめろ」

「うちの天海がすみません」

「お母さんか」

気安くじゃれあうふたりとは反対に、藤壺ひまりは今日もノーリアクションだ。目を合わせるどころか、こちらを見ることすらしない。

僕にだけではない。友人ふたりに話しかけられても、返事ともいえない返事をかえすだけ。その様子にいちいち腹が立った。友人たちの口ぶりからすると、どこか具合が悪いわけでもなさそうだ。

同族嫌悪。

そんな言葉が浮かんだ。

ただ、無駄を嫌う僕だって愛想笑いくらいはする。彼女の、眼前の世界に対処するのをいっさいやめてしまったかのような、徹底した省エネっぷりに苛立《いらだ》った。

そんなにつまらなそうにしているのなら、旅行なんてしなきゃいいのに。

前日と同じようなことを考えながら、台車を押し出す。

「どうぞ載せちゃってください」

僕も手伝い、荷物を積んでいく。三人が動くたび、お化粧の匂いが鼻孔をくすぐった。

藤壺ひまりがキャリーケースを載せる。手もとに残したミニポーチを華奢《きゃしゃ》な肩にかけなおした、そのとき──。

波止場に着いてから抱き続けていた違和感の正体を僕はさとった。頭を殴られたような衝撃とともに、肌が粟立っていく。ずっと目にしていたじゃないか。もっと早く気づいてもおかしくなかった。

昨日は。

思わず声に出しそうになる。

昨日は、貝殻だっただろ。

目をこすって、もう一度。藤壺ひまりの左耳の上を確認する。

シルバーのヘアクリップ。大きさは五センチほど。細いチェーンで繋がれた珊瑚の飾りが揺れている。珊瑚の隙間にはガーネットだろうか、赤い宝石がちりばめられ、きらめいていた。

そのシルエットに前日の髪留めを重ねあわせる。

昨日も似たようなデザインだった。が、あしらわれていた飾りは珊瑚でなく巻き貝。絵具《えのぐ》を水に浮かべたようなマーブル模様の青が鮮やかだった。

髪留めさえ滑り落ちてしまいそうなさらさらの猫っ毛を見つめていると、藤壺ひまりと目が合った。

僕はあわてて視線をそらす。ごまかすように頭上を仰いだ。逆さ立ちをしたらどこまでも落ちていってしまいそうな青空に「20」の形をした雲が浮かんでいる。

すべてが昨日と同じ世界で、雲と、彼女の髪留めだけが前日と異なっていた。

◇

『本日、八月三十日、村営連絡船「ひごい」は海上時化《しけ》のため午後の定期便を欠航します』

　波止場のスピーカーの割れた音を背中で聴きつつ、三人ぶんの荷物を積んだ台車を押す。ひと呼吸遅れて島じゅうのスピーカーも、澪島と標島を結ぶ連絡船の運休を報《しら》せはじめた。

　凸凹が少ない部分を選び、来たばかりの道を逆にたどる。両腕に振動を感じながら、僕は藤壺ひまりを盗み見た。

　髪留めの飾りは珊瑚。色は赤。やはり間違いない。昨日とは違う。

と、浜辺さんの笑い声が聴こえた。

「入江くんは天海ちゃんより、ひまりに興味あるみたいだよ」

「うわ違いますって！」

　僕は両手を振って否定した。手を放したせいで台車が坂を逆走しそうになり、慌てて押さえる。僕らしくない無駄な動きが生じてしまったのは、浜辺さんの発した言葉が昨日と違ったからだ。盗み見たつもりが、あからさますぎたようだ。

　天海さんが野太い声をつくった。

「私のひまりは渡さん」

「ＧＬかぁ」

「ＧＬとは？」

「ガールズラブ」

「オタク用語わからん」

ふたりの黄色い笑い声が藤壺ひまりの沈黙を際立たせる。

波音をふたつ数えたのち、天海さんが振り返った。

「ひまり、ほんとどうした？　船酔いか」

「べつに話しかけなくていいから」

彼女は抑揚のない、なんの感情もこもらない声でそう言った。

返事にとまどったことがわかる間を空けて、

「そっか」

天海さんは弱々しく応えた。

「ごめんね。あたしが何か怒らせちゃったんだよね」

浜辺さんが泣きそうな顔になる。藤壺ひまりは穿孔《せんこう》のような眼《め》でふたりを見つめた。

すぐさま眉ひとつ動かさずに前方へ向きなおる。

なんなんだよお前。

僕は台車を押す腕に力をこめた。

お友達が心配してますよ。思うところがあるならちゃんと話したらどうなんですか。

二泊するんでしょ。初日からこの空気でいいんですか。

喉もとまで出かかったお節介なせりふを抑える。

僕は事情も知らない部外者だ。口をはさむ筋合いも必要も意味もない。しなくていいことはしなくていい。わかっているのに、もやもやした想いがせりあがってくるのをとめられない。

昨日のみこんだ言葉の数々を今日も嚥下《えんか》しながら思う。今日はひとつ、もっと言いたいことが加わってしまった。

どうして。

どうして、髪留めが昨日と違うんですか？

台車を押しこみ、首を振る。首が一往復する前にその動きと無駄な思考を停止する。僕の記憶が混濁しているだけだ。たとえ訊《き》いたところで、おかしなものでも見る目つきで眺められるのがオチだろう。いや、フジツボの穴の瞳にそんな積極的な感情が宿るとも思えない。きっと最小限の動作で首を傾げるか、まったくの無反応のどちらかだろう。する意味のないことをする必要はない。

十分ほど坂を歩き、ゐりゑ屋に帰ってきた。

自動ドアがひらいたとたん、冷えた空気が吐き出される。台車とともにエントランスに入った。正面がフロント、右手奥がロビーだ。

「あぢー」

天海さんは汗で張りついたTシャツの胸もとを引っ張り、服の内側に冷風を送った。きつい上り坂がこたえたようだ。

「さむっ」

浜辺さんは真逆の感想だ。両腕で肩を抱いて二の腕をさすっている。

「………」

藤壺ひまりは無言。

フロントのカウンターには先客が二組いて、チェックアウトの手続きをしていた。

ふたりのスタッフが対応している。ひとりは僕と同じ白いポロシャツを着た男性従業員。もうひとりは、薄紅色の留袖をまとった四十がらみの女性。ゐりゑ屋の名女将《めいおかみ》——僕の伯母だ。

伯母はこちらに気づき、

「藤壺様ご一行ですね。ゐりゑ屋へようこそ、少々お待ちください」

と、家族連れの対応にもどる。

そうだ、この二組の対応がなかなか終わらないのだった。村営船欠航の情報はすでに届いている。運航は再開されるのか、されるならいつか、東京へ向かう大型客船やジェット船は予定どおり就航するのか。諸々《もろもろ》の問い合わせに手間どり、藤壺ひまり一行を待たせてしまうことになる。

その間、ちょっとしたハプニングがあるのだ。

そろそろ注意しておかなければ。

僕は台車を隅に寄せ、一歩踏み出すが――。

「キャン！」

遅かった。

奥の事務室から出てきた動物がこちらに走ってくる。

ちょこまかと前後する肢《てあし》。茶色と白の混じった、モップのような長毛。短いマズルと垂れた耳。くりくりの瞳。頭頂で縛った毛はパイナップルのヘタのように広がり、揺れている。

当旅館の看板犬。シーズーのイッヌだ。

事務室の出入り口には柵が置いてある。普段なら、いたずら好きな仔犬《こいぬ》が勝手に出てくることはない。〝昨日〟と同様、柵がずれていたのだろう。

「こら、イッヌ！」

僕はロビーをでたらめに駆けまわる雌犬を追った。浪費とはこのことだ。もう少し早く想い出し、柵を直しておけば防止できたカロリー消費である。無駄。無意味。不経済。

事前に対処できなかった自分を呪いたい。

イッヌは猛ダッシュですべてのお客さんに愛想を振りまいたあと、昨日と同じく藤壺ひまりの足もとにすり寄った。愛《いと》しい相手に再会したときのような甘えた声を出す。

藤壺ひまりは屈《かが》んで、ふわふわの毛並みに手を添えた。

その隙に僕はイッヌの胴を抱き、持ち上げた。

ついでに藤壺ひまりを盗み見る。やはり髪留めは昨日と——。

僕は息をのんだ。

藤壺ひまりの顔に、あふれるほどの感情が浮かんでいた。

うるさいくらい高鳴った鼓動を隠すように、僕はイッヌを強く抱きしめた。

「すみませんでした」

ロビーにいる客に詫《わ》びる。

「お騒がせいたしました」

伯母もカウンターの奥で頭を下げた。

「イッヌ？」

浜辺さんが僕の腕のなかの犬を撫でた。僕はしばらく返事をすることができなかった。

「イッヌって名前なんですかぁ？」

「……あ、はい、伯父がつけたんです。適当すぎですよね」

「ここってわんこも泊まれる宿なの？」

「去年からわんちゃん連れのお客様のためにお部屋を用意しておりまして……」

ふたりの質問に昨日と同じ答えを返しながら、僕は一瞬目にしただけで脳に焼きついてしまった藤壺ひまりの表情を思い返していた。

笑顔、だった。

長いまつ毛を持ち上げて目をみひらいたのち、瞳を細め、口もとを綻ばせる。留めていないほうの栗色の髪が、さらさらと、サーキュレーターの風と一体になったように流れていた。

自然な笑顔だった。今まではりつけていたのは偽りの仮面で、笑顔こそが本来の彼女のようだった。

藤壺ひまりはくすぐるみたいに、突如あらわれたシーズー犬の首を撫でた。イッヌがもっと撫でろというように頭を押しつけたところで、僕が胴を抱き上げたのだ。

どうして。

自問するまでもない。昨日は看板犬の暴走に気を取られ、顔を見る余裕はなかった。今日はハプニングを予期していたし、ずっと髪留めを意識していた。

だから、宝物に気づくことができた。

宝物。そう思ってしまい、後悔する。そんなにたいそうなものじゃない。否定する心とは裏腹に、彼女が自分のなかで特別な存在になってしまいそうな予感に指先がふるえていた。

荷物とともに藤壺ひまり一行を部屋に案内し、僕の仕事は終わった。

朝の仕事が終われば、夜までは自由時間。高校に通っていたときと似たリズムの一日だ。

ひかえめに空調をきかせた自室で、予備校のオンデマンド授業を受講。午後には予報どおりの豪雨が窓を叩いた。雷をBGMに、昨日の苦心の結果がさっぱり消えてしまった数学の問題集を進める。夕食の給仕の手伝いを終え、また自習。

ときおり心が、気持ちが、勝手に引っ張られた。

藤壺ひまり。

ふじつぼひまり。

ひまり。

舌先が彼女の名前を転がす。くすぐったいような、むずがゆいような感覚がぽっと胸にともる。

夏の花がひらいたみたいな笑顔が目に浮かぶ。

やめてくれ。やむを得ず両手で頬を叩き自分をいましめる。僕は受験生だ。余計なものに脳のリソースを割いている場合じゃない。

休憩を兼ねて狭いベランダに出る。遠くからまつりばやしが聴こえた。夜泊神社《やとまりじんじゃ》の例大祭だ。やがて星空を背に花火が上がりはじめた。

日付が変わる前に床に就いた。

天井の木目を見つめながら思う。なぜ彼女の髪留めだけが昨日と違っていたのだろう。ただ、おかしな夢を見ただけだ。

僕はそう結論づけた。

詳細を忘れている夢のせいで、同じ日を繰り返したような気がしていただけ。明日になれば時計は進む。明日、世界がもとどおりに進むのなら、今日思い悩んだことは無駄になる。今、考える意味はまったくない。

みずからにそう言い聞かせ、まぶたを閉じる。

こうして僕の二度目の八月三十日が終わった。


目覚まし時計の音で目を覚ます。

カーテンのすきまから朝の光が洩《も》れている。僕は体を起こし、カーテンを開けた。夏草の繁る庭園。どこまでも青い空。

入道雲の横の筋雲が妙な形に見えた。

雲は数字の「19」の形をしていた。

「じゅうきゅう？」

しだいに覚醒していく頭が〝一昨日《おととい》〟と〝昨日〟の記憶を反芻《はんすう》する。

伯父の依頼。

東京から来た女子大学生グループ。

藤壺ひまりの髪留めと笑顔。

僕は慌てて勉強机の上のスマートフォンを取った。一度つかむが落としてしまい、床に転がる。拾い上げる。タップする。画面がともる。日付と天気予報が表示される。

ディスプレイが告げる今日の日付は――。

八月三十日、金曜日。

◇

僕のスマホの時計が壊れているわけではない。

ＳＮＳもニュースも動画サイトもすべて、今日が八月三十日であることを示していた。もと同級生の深夜のつぶやき。台風情報。アップロードされたばかりのミュージックビデオ。

見憶えのある文章やサムネイルばかりだ。

四時ぴったりに湊が「本日の船出」と題し、短い動画を投稿していた。再生する。暗くてピントも合っておらず何が何やらだ。音楽に合わせて集魚灯らしき光が揺れている。これも昨日と一緒だった。

僕はふたたび窓の外に目をやった。

筋雲が描く数字は「19」。

今日もまた、数がひとつ減っていた。

雲をよく見ようと窓を開ける。流れこんだ風が勉強机の上のプリントを吹き飛ばした。床に散らばった紙を集めるため屈んだとき、部屋の扉が叩かれた。

ドアをひらくと、予想どおり早出の仲居さんが立っていた。朝食のまかない膳を手にしている。

「いつもありがとうございます」

膳を受け取り、視線を走らせる。白飯。味噌汁《みそしる》。豆アジの唐揚げ。岩海苔《いわのり》。明日葉とツナのサラダ。きゅうりの浅漬け。島たくあん。フルーツヨーグルト。メニューは昨日と寸分違わない。

「返却は自分でやっといてね」

ふと思いついたことがあり、僕はたずねた。

「今日って何曜日でしたっけ？」

「金曜だよ、揚げ物がはかどるわね」

仲居さんは謎めいたことを口走り、配膳ワゴンを押して去っていった。離れには、ほかにも住みこみの従業員や夏季限定のバイトの子たちが泊まっているのだ。

床に散らかったプリントを眺め、思う。

これは昨日や一昨日とは違う状況だよな。

昨日も一昨日も窓を開けなかった。ゆえにプリントが散らかることはなかった。

自分が異なる行動をした場合、それに合わせて結果が変化する。因果律や物理法則をねじ曲げてまで、世界は前日をなぞろうとするわけではないのだ。

物だけではなく、人も。

——金曜だよ、揚げ物がはかどるわね。

これは、昨日は言われなかったせりふだ。僕が曜日を訊いたからこそ返ってきた答えである。

違う言葉をかければ当然、相手は異なる反応をする。流れを無視して昨日を繰り返すわけではない。

オーケー。ルールはわかった。

プリントをまとめ、まかないと呼ぶには少々贅沢《ぜいたく》な朝食を味わう。

それにしても、揚げ物ってなんのことだろう。

貝の出汁《だし》がきいた味噌汁を飲みほす。ヨーグルトに沈んだキウイをスプーンで掬《すく》ったとき、ひらめいた。僕はあっと声をあげる。

「……フライデーか」

貸与のポロシャツとスラックスに着替え、本館に向かう。空の食器と膳を厨房に返却し、ロビーに駆けつけた。

ホテルのラウンジを思わせる上品な空間。革張りのソファに座る客はいない。マガジンラックの新聞と、ひかえめな音量で流れているテレビは前日と同じニュースを報じている。

もはや認めざるを得ない。

八月三十日は、ループしている。

気づいているのは僕だけか。

いや。僕は藤壺ひまりを思い起こした。

僕が何もしなければ世界はそのままのはずだ。なのに彼女はなぜ、前日と違う髪留めをつけることができた。彼女も一日が繰り返していることに気づいている。あるいは彼女自身ではなく別の人物が、異なる髪留めをつけてあげたのだろうか。

いずれにせよ、藤壺ひまりが何か手がかりを握っているのは間違いない。ささいなヒントでもいい。このループを抜け出すための鍵を探さなくては。

「おはようございます」

フロントの奥の事務室に声をかける。案の定、伯父が出てきた。見慣れた柄のスタジアムジャンパー姿だ。

「おぉ、渚沙か」

伯父は僕の頭をホールドし、猫なで声を出した。

「お・は・よう・さん」

筋肉質な腕のなかから抜け出し挨拶を返す。僕がすでに仕事着のポロシャツをまとっていることに気づいたのか、伯父は言った。

「渚沙よぉ、大事な時期だろ。毎日手伝ってくれなくても全然……」

「それ、何回も聞きました」

「あん、そうか？　まぁ、いくらでも言うぜ。これまでもずっと俺ら夫婦の力になってきてくれたんだ。今年くらい勉強に集中したって……」

「伯父さん」

すまなそうな顔をするオーナーの言葉をさえぎる。

進んで旅館を手伝う僕に、この人は長年後ろめたさを感じている。自分の妹――僕の母がしでかしたことに対するつぐないのような気持ちなのだろう。

母は、僕を捨てた。

物心ついた頃、両親はすでに離婚していた。離婚して以降、母は女手ひとつで僕を養っていた。母子家庭生活はある日突然、終止符を打った。母が家に帰ってこなくなったのだ。僕が小六のときである。

当初は事件や事故に巻きこまれた可能性も考慮された。しかし無事であることがあきらかになる。伯父が興信所に調査を依頼したからだ。母は北陸地方にいることがわかった。新潟県の小さな町で、妻に先立たれた壮年の男性と同居していた。男性には幼い子供もいた。

判断は僕にゆだねられた。

そのままにしてあげてください。隠し撮りされた疑似家族の写真を前に、僕はそう答えた。知らない場所で知らない人と微笑む母の顔は、見たことがないくらいに幸せそうだった。

捜索願は取り下げられた。僕は都心を離れ澪島に移住した。以来、伯父夫婦は僕に肉親以上の愛を注いでくれている。

計り知れない恩をなんとしてでも返さなくては。

最短ルートで大学を出て就職し、世話になったぶんを毎月仕送りして返す。これが僕の未来の計画だ。

そう決めていたのに――。

今年の三月、僕は受験に失敗した。模試ではどの志望校も合格ラインを維持していた。本番に弱い自分の性格を呪う。

伯父夫婦には全面的に衣食住を提供してもらっている。それどころか、バイト代と呼ぶには多すぎる小遣いだって出させてしまっている。居候としては破格の待遇というしかない。なのに、伯父はまだまだ贖罪《しょくざい》が足りないと思っている節があった。

「手伝いは僕がやりたくてやってるんです」

「けどよぉ」

伯父がごねるたび、僕はめいっぱいの感謝と、気をつかわせてしまう申し訳なさとともにこう返すのだ。

「恩返しの機会を奪わないでくださいって」

お笑い芸人の定番ネタのように繰り返してきたやりとりだが、無駄だと思ったことは不思議と一度もなかった。ふたたび頭をホールドされる。血管が圧迫される感覚のなか、小さな、消え入りそうなほどの声が聴こえた。

――てめぇに恩を感じてんのはこっちのほうだぜ。

涙ぐみながら降参の意を示す。腕から逃れた僕に伯父は言った。

「ならよぉ、渚沙。ちょっと頼まれてくれねぇか」

来た。

「行きます」

内容を聞く前に僕はうなずいていた。


きらめく海面の奥に標島を望みつつ坂を下る。昨日より早くゐりゑ屋を出たからか、藤壺ひまりたちの乗った大型客船はまだ遠い。

漁港には、みなと丸が係留されていた。

「いりえー！」

湊が放り投げた魚をウミネコがキャッチする。鳥の声が潮騒にみだれ混じる。手を振る旧友に、僕も最小限の動きで手を振り返した。

あきれるほどに昨日と同じ――。

いや、ひとつ異なるものがあるじゃないか。空模様を誰より気にかける漁師なら目にしているはずだ。僕は台車のストッパーを下げ、堤防に体をあずけた。とりどりの漁船が並ぶ港を見下ろす。

「みなとー」

堤防に反射し、声はエコーがかかったように響いた。僕はひとさし指を持ち上げた。

「くもー」

「くもー？」

湊が空を仰ぐ。視線の先、入道雲の横には数字の「19」が浮かんでいる。

「おかしくねー？」

湊は首をかしげた。

「数字の形に見えるしょー」

今度は反対方向に首を傾ける。

「じゅうきゅうー」

ふたたび頭が倒れる。湊の首はもはやメトロノームと化していた。

「だからー」

「わっかんねー」

いや、わかんなくないだろ。

「じゃー、お前には何に見えるー？」

「そらー」

いやいや。

「入道雲はわかるよなー？」

「わかるー」

「その右に細い雲があるだろー？」

「ないよー？」

「すうじがー」

「ないってー」

嘘《うそ》をついているようには感じられない。とぼけて僕をからかっているふうでもなかった。まさか、湊には見えていないのか。考えこんでいると名前を呼ばれた。

「いりえー」

「なんだよー」

湊が甲板の上で跳びはねる。船が傾き、集魚灯が揺れた。

「いりえー、いりえー、イリエッティ！」

僕は台車のストッパーを上げ、漁港をあとにした。


無駄なカロリーを消費してしまった。

声を出すというのは意外と体力を使うのだ。カラオケで一曲を歌いきると、曲にもよるが、およそ十キロカロリーを消費するといわれる。漁港に大声を響かせておいて収穫なしでは目もあてられない。

観光協会の建物を過ぎ、埠頭に着く。

大型客船はまだ接岸を終えていない。僕はもてあました時間を検証にあてた。煙草屋《たばこや》のおばちゃん。通りすがりの旅行客。夏休みの子供。誰にたずねても、雲の形を数字だと言った者はいなかった。

スマホのカメラを空に向けてみる。シャッターを切る前の段階から、数字は画面に映っていなかった。

雲は僕にしか見えない。

この事実を得たことを収穫としておこう。

やがて客船が観光客を吐き出しはじめた。

タラップに三人の姿があらわれる。

「島全体がパワースポットって感じ」

全身で潮風を吸いこみながら天海さんが下りてくる。

「海も空も綺麗。モノクロ原稿ならベタで真っ黒に塗りたいねぇ」

巨大なキャンバスを担いでいるのは浜辺さんだ。

「…………」

藤壺ひまりは今日も無言。

僕は髪留めに視線を走らせた。三日月の形をした、緑色のグミのような飾りがついている。近づくとイルカのモチーフの翡翠《ひすい》だとわかった。栗色の髪からのぞく耳のそばで、体をしならせ泳いでいる。はじめて見る飾りだ。

僕は台車を押し、三人を出迎えた。

「はじめまして。ゐりゑ屋の入江渚沙です」

「もしかして跡取り息子？」

「玉の輿狙うなぁ」

キャンバスの角が天海さんの額を打つ。

「狙ってないから」

「オーナーは伯父なんです」

「残念だったねぇ」

ふたたび浜辺さんのキャンバス攻撃。

「だから狙ってないから。角やめろ」

「うちの天海がすみません」

「お母さんか」

耳にするのは三回目となる漫才をよそに、僕は藤壺ひまりに声をかけた。

「あの、その髪留め」

「えっ、どうして……」

フジツボの瞳にかすかな色がともった。

とまどうように視線をふるわせたのち、まぶたが閉じる。存在感のあるまつ毛がふたたび持ち上がった。虹彩《こうさい》の模様が綺麗な、こげ茶色の瞳がわずかに潤った。

藤壺ひまりは続きをうながすように小首を傾げた。ぺたんこの髪がはらりと流れる。

「その、髪留めが……」

言いかけて僕は口をつぐんだ。なんだか出方を探られているような気がしたのだ。警戒心が頭をもたげる。こちらから手の内を見せて本当にいいのか。

僕はとっさに言葉を継ぐ方向を変えた。

「かわいいなと思って」

藤壺ひまりは目をみひらいた。頬がほんのりと桜色に染まっていく。浜辺さんが相方を小突いた。

「入江くんは天海ちゃんより、ひまりに興味あるみたいだよ」

「違いますって！」

僕は両手を振って否定した。天海さんが野太い声で言う。

「私のひまりは渡さん」

「GLかぁ」

「GLとは？」

「ガールズラブ」

「オタク用語わからん」

藤壺ひまりはしばらく頬を染めたまま立ち尽くしていた。やがてふかく息を吸い、何かを断ち切ったような顔になってから、

「へぇ」

と目を細めた。華奢な肩をすくめる。いたずらっぽい流し目はまるで、ふぅん、わたしに興味あるんだとでも言いたげだ。

「違います！　かわいいのはそのイルカであって、身につけている本人にはなんの魅力もないというか……」

「えええぇ、今度はわたしを全否定？」

藤壺ひまりはわざとらしく驚いてみせた。瞳の虚無はどこかへ消《き》え失《う》せている。

「いえそれもちがくて」

だめだ、この人を前にするとペースが崩れる。

「あはは」

藤壺ひまりは拳を口もとに運び、笑い声を立てた。例の、夏の花がひらいたような、吸いこまれそうな笑顔。

なんなんだよお前。

昨日や一昨日と、というか、つい先ほどまでとキャラが違いすぎるだろ。

またたく間にかき乱された心の内で彼女をなじる。痛いくらい、鼓動が高鳴っていた。

◇

ゐりゑ屋へ向かう途中も、藤壺ひまりはよく喋った。

漫才のような会話は彼女が加わったことでヒートアップした。死んだフジツボは一体どこへ。僕は信じられない気持ちで、三人の荷物が載った台車を押した。

背後の声に耳を傾ける。

藤壺ひまりは歌うようなリズムで喋る。ただしリズムだけの、音階はない歌だ。抑揚が少なくトーンは平板。なのにどうしてか表情豊かに聴こえる不思議な声音だった。

いい声だな。

心地よく力の抜けた声に聴《き》き惚《ほ》れてしまいそうになり、かぶりを振る。台車を押しこみ、坂をのぼる。

フロントに着くと、僕はすぐさまカウンターの奥へ向かった。やはり事務所の出入り口の柵がずれ、壁との間にすき間ができていた。やんちゃな仔犬が通り抜けられないよう、直しておく。

イッヌの暴走は未然にふせぐことができた。

それはいいのだが――。
結局、髪留めのことを訊けないまま、午前中の仕事を終えてしまった。

「ナギちゃん、ちょうどよかった」

伯母に声をかけられたのは、プレイルームの清掃を終えたときだった。昼過ぎだ。卓球台やゲームの筐体《きょうたい》の掃除は客室清掃ほど重要ではない。伯父には今日は省略していいと言われていたが、気分転換ついでに本館二階のプレイルームに足をはこんだ。勉強は勉強で重要だ。だが、このループをどうにかしないかぎり受験も何もない。やはり藤壺ひまりと接触しなくては。できればふたりきりで。でもどんな理由で……と思い悩んでいた矢先の助け船だった。

「これを持っていってくれない？」

伯母が差し出したのは葛根湯《かっこんとう》の漢方薬。パッケージには「風邪のひきはじめに」と印刷されている。

「誰か風邪なんですか？」

「ええ、お客様が」

もちろん、ゐりゐ屋のサービスに薬の提供があるわけではない。伯母らしい細やかな対応の結果だろう。

僕は漢方薬の箱を受け取った。

「どちらの部屋へ？」

「鶴の間に」

藤壺ひまり一行の部屋だった。

三人のうちの誰が。藤壺ひまりだろうか。瞳の虚無の原因は、たんに体調が崩れていたというだけだったのか。いや、朝から寒そうにしてた人がいたような……。

はやる気持ちを隠して三階へ向かおうとすると、

「待ちなさい」

背中に厳しい声がかかった。

叱られるわけではない。どうでもいい話をしようとするとき、伯母はいつもあらたまった調子になるのだ。

「どの子が好み？」

「は？」

「ナギちゃんは、三人のうちの誰が好みかと訊いているの」

「はぁ」

「三人とも綺麗よね」

僕はわざとらしくため息をついた。

「お客様ですよ？」

「そうよ、だからこそ。私たちにとっては毎日いらっしゃるお客様でも、あちらにとっては一度きりかもしれない。大切な想い出になる旅なの。だったらこちらも、お客様っていう記号としてじゃなく、ひとりの人間として興味を持って接しないと」

「なるほど」

伯母がときおり語る接客哲学はいつも勉強になる。できれば違う流れで聞きたかった話だ。

「さすがホテリエ」

「四つ星ですから。もとだけど」

伯父の奥さんがこの人でよかったと心底思う。あのチンピラだけだったら、この宿はとうに潰れていそうだ。

「で、強いていうならどの子？」

「ぐいぐい来るなぁ」

「どの子かしら？」

観念して僕は答えた。

「真ん中の子かな」

「真ん中？」

「あ、いや」

われながらアホな答えだ。誰が真ん中かなんて並びかたによって変わるだろう。自分が藤壺ひまりの名前を把握していることを隠したい心理だった。迎えに行ったのだから、把握していないほうがおかしいのに。

「代表者の藤壺様ってこと？」

「強いていうなら」

「胸が大きいから？」

「ち、違います！」

「可憐《かれん》な子よね。たしかに、真ん中って気がする」

言いかえれば、中心だ。

今日、ふたりの会話に藤壺ひまりが加わったとき、欠けたものがそろったと感じた。彼女がいてこそのグループだと思った。

「でもあの子、何か根深いものを抱えていそうよね」

「どういう意味です？」

伯母は視線を落とした。

「なんというかキャラが読めないの」

まさに今朝、僕も感じたことだった。

ホテル時代も、ゐりゐ屋に嫁いでからも、数え切れないほどのお客さんと接してきた名女将だ。人を見る目に長《た》けているのは、スタッフの誰もが認めるところである。

その伯母が、とらえきれない何かをおぼえたという。

「あんなに底が見えない人って、めったにお逢いすることないんだけれど……」

続ければ藤壺ひまりに否定的な言葉が浴びせられそうで、僕は流れを断ち切った。

「伯母さんの世代でもキャラとか言うんですね」

「女性に歳《とし》の話をしちゃだめ」

「……勉強になります」

「男性にもね。年齢にかぎらず、体のこと、仕事のこと、そのほかプライベートのこと全般。どんなに気になっても、お客様が自分から開示してくれるまでは、なるべくこちらからはたずねない。興味は持っても詮索せずに接するの」

「ほんと勉強んなります」

いつの間にか接客講座にもどった会話を切りあげ、僕は藤壺ひまり一行が泊まる部屋へ向かった。


鶴の間には浜辺さんしかいなかった。

ほつれたお団子ヘア。寝あとのついた頬。顔は上気していて、見るからに熱がありそうだ。

「どうぞ。女将からです」

薬を渡すときに部屋の奥が見えた。荷物が散乱し、すでに布団が敷いてある。本来なら、この時間に寝床が整っていることはない。これも伯母のはからいだろう。

「ありがとぉ。入江渚沙くんだっけ？」

「はい」

「綺麗な名前だから主人公かサブキャラに――」

そこで浜辺さんは言葉を切り、盛大に咳《せ》きこんだ。

「……ごめんね。使っていい？」

「何のです？」

「漫画ぁ」

くしゃみとともに言う。

「あたし、留年決めたんだぁ」

浜辺さんは漫画家志望らしい。商社に就職が決まっていたが内定を辞退した。卒業を先送りにし、アシスタントとして働きながらあと一年だけプロを目指すつもりだという。

そんなようなことを咳きこみながら、くしゃみをまじえつつ話してくれた。

「ひまりは旅行代理店。天海ちゃんは外資。あたしはバイト」

未来の漫画家は鼻水をすすりながら自嘲する。

「いいじゃないですか。じつは僕も浪人生なんです」

「そうなの？」

いいタイミングで名前が出た。浜辺さんは雑談を続けたそうだったが、僕は自分の話を深掘るかわりに質問する。

「おふたりはどちらへ？」

「天海ちゃんは郷土資料館」

島の南西にある博物館だ。港やゐりゐ屋は北東なので、山をはさんでちょうど反対側になる。徒歩や自転車でも行けるがレンタカーを使うのが効率がいい。

「ほんとはみんなで行く予定だったんだけどなぁ」

「藤壺様は？」

「ひまりは宿に残ってくれたの。庭を散歩してるって言ってたけど……」

ふたたび苦しそうな咳《せき》が続いた。顔がさらに赤く染まっていく。

「ちょっと待っててください」

僕は部屋を離れた。階段を下り、プレイルームの自販機でスポーツドリンクとはちみつ紅茶を買い、もどってくる。

「どうぞ」

「うわぁ、ありがと。優しいね。えと、お金……」

「サービスです」

伯母ならこれくらいするだろう。

「ありがと。ごめんね」

「こちらこそすみません。先に買っておくべきでした」

あらかじめ買っておけば階段を往復する二度手間も省けたはずだ。

「朝から寒がってましたもんね。あたたかくしてお休みください」

「え、気づいてくれてたんだぁ」

しばしの沈黙のあと——。

なぜか、浜辺さんの持つペットボトルが僕の額を打った。底でなくキャップの部分だ。

「具合悪いときに優しくするな年上キラー！」

「誰が年上キラーですか」

高校時代にも同じようなことを言われた気がする。タメである同級生に。湊にも言われた。つまるところ、僕はそういうキャラクターだってことなのだろう。

「差し入れするとき以外、二度と来るなぁ！」

要は、また飲み物を持って来いということだろうか。

引き戸が勢いよく閉まった。

「何かあったらフロントに内線してくださいね」

扉越しに声を張りあげ、僕は鶴の間をあとにした。

「……漫画みたいな子だな」

自分をモデルにして描けばいいのに。

廊下の大窓から庭園を見下ろす。たち並ぶ燈籠《とうろう》の奥に藤壺ひまりの姿があった。

――キャラが読めないの。

伯母の言葉が耳によみがえる。女将や僕が彼女に対しておぼえるこの感覚の正体は、一体なんなのだろう。

外に出る前、ふと思い立ち事務所に寄った。目的はイッヌだ。気ままな看板犬は空調で冷えた床に伏せてくつろいでいた。首輪にリードをつけ、庭園に向かう。

藤壺ひまりは休憩所で涼んでいた。

三人掛けのベンチが置かれた簡易なあずまや。眺望がよく、吹き抜ける風が心地いい。当館オススメのスポットだ。

「こんにちは」

犬の散歩の途中でたまたま立ち寄ったという体で、僕は挨拶をした。

僕らに気づき、彼女はスマートフォンの画面を消した。

そのとき、ちらりとディスプレイが見えた。画面は文字で埋め尽くされていた。日本語ではない。英語でもなかった。知らない言語で書かれた文章を彼女は読んでいた。どこかのサイトか電子書籍のようだった。

「かぁわいい」

イッヌを見て、彼女は顔を綻ばせた。

「犬好きだと思って」

言いかけて、さっそくミスをしてしまったことに気づいた。彼女がイッヌと対面したのは〝昨日〟である。看板犬は、今日は暴走していない。動物好きであると知る機会は僕にはなかったはずなのだ。

「はじめまして、看板犬のイッヌです」

声に焦りがにじむのを感じながら、胴を支えて持ち上げ、フォローする。藤壺ひまりはとくに疑問をいだいたふうでもなく、

「うん、大好き」

と笑顔を咲かせた。

「ね、撫でてもいい？」

「いいですよ」

僕はしゃがんでイッヌを近づけた。

「よしよし」

え、なんで。

「いいこいいこ」

いや、あの。

「かわいいかわいい」

藤壺ひまりはひたすら撫で続ける。イッヌではなく、僕を。

「……いや、それ僕の頭」

「バレたか」

力の抜けた声が歌うように言う。リズムだけで音律のない歌。

「バレないとでも？」

「えへへ」

彼女はあらためて、僕の腕のなかの看板犬の首をくすぐった。イッヌは尻尾を振って頭をもたげる。その鼻先に額をくっつけ、藤壺ひまりは犬の鳴きまねをした。

幸せそうにじゃれあうふたりを眺めていると、藤壺ひまりがこちらを向いた。目が合う。彼女はあごをしゃくり、なんだかむかつく感じの妖艶な流し目をつくった。

「撫でられてドキドキしちゃった？」

「え、べつに」

僕は顔をそむけた。

「ほんとチョロいなぁ、きみは」

なんなんだこの距離感。

いつの間にか跳ねあがっていた鼓動を隠しつつ、僕はある種の不可解さもおぼえていた。はじめておとずれる旅館の、初対面の男性スタッフに対する態度ではない。

と、彼女はイッヌを撫でる手をとめ、さらに不可解なことをつぶやいた。

「砂漠でオアシスを見つけたらさ、そりゃ飛びついちゃうよね」

「どういうことです？」

僕が女に飢えているとでも言いたいのだろうか。

「なんでもないよ……チョロいのはわたしのほうかな」

テンションの低い、ダウナーミュージックのような声がそう応えた。

僕は口をつぐんだ。何か事情がありそうだが、関係ないことだ。余計なものには首をつっこまない。自分から開示するまでは詮索しない。僕の主義であり、伯母の教えでもある。

詮索するかわりに立ちあがり、僕はイッヌをベンチに載せた。

なんだか彼女が寂しそうに見えたからだ。悲しいとき、気分が落ちているとき、辛《つら》いとき、苛立たしいとき、どんな薬よりも効果的な処方箋がある。犬だ。

イッヌは小花柄のワンピースの匂いをかぐと、くるりと回転した。彼女の腰に体重をあずけ姿勢を崩す。相手を信頼していなければやらない仕草だ。

藤壺ひまりは口をひらくことなく、寄りかかってくるイッヌを撫で続けた。仔犬の呼吸が深くなる。風が抜ける。燈籠の奥、ひょうたんの形をした池で鯉が跳ねた。西の空には雨雲が立ちこめている。

ずっとこうしていてもらちが明かない。おそるおそる僕はたずねた。

「ちょっと変なこと訊いてもいいですか」

「求婚するの？」

「アナ雪《ゆき》の話じゃなくて」

「もっとおかしなこと言ってもいい？」

「だからアナ雪じゃなくて！」

彼女のペースにのまれそうになるのを抑え、左耳の上のイルカを見つめる。

「その髪留め、〝昨日〟と違いませんか？」

虹彩が綺麗な茶色い瞳がまっすぐに僕をとらえた。彼女は息を吸い、何かを言いかけては口をつぐんだ。喉もとまでせりあがっているに違いない言葉をのみこみ、首を振る。

「昨日どれをつけてたかなんて、もう忘れちゃったな」

あくまで認めないつもりか。

「いくつも持ってらっしゃるんですね」

「いっぱいあるよ。集めるの好きだったから。欲しい？」

「結構です。僕が興味あるのは髪留めじゃなくてあなたです」

藤壺ひまりが目をみひらいた。ほんのりと頬を染めたのち、艶然とした流し目をつくる。やっぱりわたしに興味あるんだ、とでも言いたげだ。

一拍遅れて後悔がやってくる。もしや今、僕はとんでもないことを口走ってしまわなかったか。

「違うんです。つまり言いたいのは、だから、藤壺様が……要は」

なかば投げやりな気持ちで質問する。

「その髪留め、ご自分でつけたんですか、って訊きたくて」

「そうだけど？」

「誰かに選んでもらったわけではなくて？」

「うん。変なこと気にするね……あ、そっか」

彼女は両手でみずからの口をふさぐ。やってしまったという顔は、やがて感心した表情に変わった。

「きみ、わりと頭いいね」

ほら、やっぱり。

――変なこと気にするね。

――きみ、わりと頭いいね。

翻訳すればこうなる。どうしてわたしが自分でつけたと思わなかったのか、変なの、あぁ、そうか。わたしがループしてるんじゃなくて、ほかにループしている人がいて、その人に髪飾りをつけてもらった可能性を考慮したのか、なるほど頭いいね。

もう遠回りはいらないかもしれない。意を決して、僕は問う。

「もしかして、同じ一日を繰り返してませんか？」

「繰り返してないよ」

嘘だ。

だって。本当にループしていないのなら、そんな返答はしない。どういう意味。何を言っているの。繰り返すって何。否定するより質問の意図を探ろうとするのが先だろう。

「隠さないでください」

「隠す？　何を？」

「ごまかさないでください。あなたは八月三十日を繰り返ちて……」

藤壺ひまりは――。

鬼の首を取った顔をした。

「く・り・かえ・ち・て」

無垢《むく》な、子供だってここまで混じりけのない表情はしないだろうという笑みを浮かべ、揚げ足を取る。

「あたちぃ、くちかえちてましぇんよぉ」

抑揚のない声が僕をからかい続ける。

「なぎさちゃんは、いいこいいこちゃんでちゅね」

彼女はイッヌを持ち上げた。短い前肢《まえあし》に指を添え、上下に動かす。

「なでなでちてあげまちょーか？」

「あぁ、うぜえ」

「あはは」

藤壺ひまりは涙目でイッヌの毛並みに顔をうずめた。栗色の髪と、茶色と白の長毛が一体になる。ふたりの毛髪の間で、例の、夏の花のような笑顔が咲いていた。

僕はとっさに空を仰いだ。

「きみ、わたしが笑うと目ぇそらすよね」

「そらしてないです」

視線をもどす。晴れた朝の波間みたいにきらめく瞳が、看板犬と一緒にこちらを見上げていた。

「ねぇ、なんで？」

腕のなかのイッヌが斜めになる。もちろん彼女が操作しているからだが、看板犬が首を傾げているかのようだ。

あなたの笑顔に吸いこまれそうになるからだ。

とは言い返せるはずもない。

「あー、年上のお姉さんに憧れるお年頃だもんねー。わかりますわかりますー」

「年上とかじゃなくて」

「じゃなくて？」

「藤壺様だから」

あなたの正体のつかめなさが、僕のペースを乱してくるんだ。

「へぇぇ」

流し目。

「あ、絶対何か勘違いしてませんか。違うんです。他の人だったらこんなにあたふたってならないんだけど、藤壺様だから……」

「ほぉ」

いや墓穴だったか。

「ね、様呼びやめよ」

「え？」

「藤壺様呼び」

「でもお客様ですし」

「いいから」

客がそう要望しているのなら、応えるのがセオリーだ。

「わかりました……藤壺さん」

「ひまりでいいよ」

「ひまりさん」

「さん？」

茶色い瞳が蔑むように僕を見る。出逢ったばかりの年上女性の名前を呼び捨てにする抵抗感はすごかったが、覚悟を決めて、

「ひまり」

そう呼ぶと彼女は、

「良き」

とイッヌを地面に下ろし、立ちあがった。両手を青空に向かって振りあげ、大きく伸びをする。

「んー、ひさびさにいい気分。今夜はお祭りにでも行こうかな」

まるで予報を知らないか、夜には雨がやんでいるのを確信しているかのような口ぶり

だ。

「はまべちには悪いけど、天海ちゃんとふたりで」

「はまべち？」

「風邪で寝こんじゃっててさ」

浜辺さんのことか。

「そうだ。なーも来ていいよ」

「なー？」

「うん、お祭りおいで」

「なーってなんです？」

「渚沙くんのなー。いやだった？」

「いやじゃないけど」

不快ではないが、一瞬だなと思った。

彼女は一瞬で距離を詰めてくる。

まるで、ふたりの間にははじめから隔たりなんてなかったと思わせるくらい自然に、僕らは親しくなっていく。あるいは親しくなったと錯覚させられていく。

不快ではない。むしろこの感覚を、胸の内にともるあたたかいものを心地よいと思ってしまう自分がいて、とまどった。

「だめかな、なー」

「いいですよ、ひー」

「ひー呼びやめろ」

「え、自分だけ？」

「えへへ」

僕は聴かせるようにため息をついた。吐き出す息とともに肩の力まで抜けていく気がした。夏の陽《ひ》ざしに何かが溶けていく。こわばっていた何物かが。僕はまだ、この感情に名前をつけるのを保留する。

「じゃ、花火の頃に夜泊神社で」

立ちあがり手を振る彼女に、僕は声をかけた。

「あのあたりに細長い雲がありますよね」

太陽と反対側の空を指さす。数字の「19」を描く筋雲は風に流されることなく朝と同じ場所にとどまっている。

「なんの形に見えますか？」

これだけは確認しておきたかった。

「なんの形にも見えないよ」

ひまりは迷うことなく僕が示した雲を見つめ、音階のない歌を紡いだ。

第二章　僕らの同じ一日

夜の海を望む境内にまつりばやしが響いている。

夜泊神社の参道。

心臓破りの大階段を見上げ、躊躇《ちゅうちょ》する。

体力に自信がないわけではない。給仕の手伝いを終え、着替える間も惜しんで神社まで来た自分が、ひまりの誘いに尻尾を振って飛びついたみたいで悔しいのだ。

ちなみに本日のゐりゑ屋は、夕食提供のタイミングをいつもより一時間早めている。宿泊客が食後に花火を楽しめるようにするための配慮だ。

現在、七時四十分。

花火が上がるのは午後八時。

抑揚のない声が耳によみがえる。

——なーも来ていいよ。

なんで上から目線なんだよ。この島の祭りだ。部外者のひまりが許可することじゃない。舌打ちをしてみて、どうでもいいことに反発してるなとため息をつく。

ひまりに逢いたいわけではない。ループに関する手がかりがほしいだけだ。みずからにそう言い聞かせ、鳥居をくぐる。

気温は下がってきたが、雨上がりの湿気をふくんだ夜気はむっとしている。何より、人いきれがすごい。ぶつからないよう浴衣や甚平をよけつつ百段をのぼりきると、スピーカーから流れる笛太鼓をかき消すほどの喧騒につつまれた。

左右にならぶ露店。提灯《ちょうちん》や裸電球のあかり。石畳の真ん中で踊る獅子舞《ししまい》が渋滞を招いている。

この人混みで見つけられるのかと案じたのも束の間、階段にほど近い屋台にふたりの姿があった。かき氷屋のそばだ。

ふたりとも髪を結い、浴衣を着ていた。

天海さんは濃紺、ひまりは赤紫の地で、どちらも白や空色の朝顔の柄を咲かせている。帯はおそろいの臙脂《えんじ》。金魚の形の巾着袋は色違いだ。一緒に選んだのだろう、微笑ましいリンクコーデだった。

「今買う？　もうすぐ花火はじまるけど」

「待ちながら食えばいいじゃん」

「慌ただしくなっちゃうし、わたしはあとがいいかな。三つ買って、はまべちにも持って帰ってあげようよ」

「宿までに溶けるだろ」

どうやらかき氷を買うのをいつにするかで迷っているらしい。

「溶けたらかきジュースだね」

ふたりだとこんな感じなのか。友達というより、なんだか仲のいい恋人同士にも見える。

「謎スイーツだな」

天海さんは白い歯を見せて笑った。爽やかだ。

声をかけようと踏み出したとき、あたりがざわつきはじめた。歩みをとめ、視線を走らせる。屋台の店先を二人組の男が占領していた。

「こうするとバズるんだろ」

ひとりはかき氷シロップのボトルに口をつけていた。ブルーハワイの青が口からこぼれ、汗ばんだ首筋に垂れていく。もうひとりは馬鹿笑いをしながらスマートフォンのレンズを向けていた。動画を撮っているらしい。

顔は赤く、足もとはふらついている。ふたりともだいぶ酔っているようだ。

二十歳前後だろうか。島の人間ではない。

いかにも田舎めいた話だが、澪島や標島にいる同年代はみな顔見知りである。島中《しまちゅう》や島高の卒業生、在校生だ。人数は少ないので、ひとり残らず顔と名前を把握している。

見憶えがないということは観光客なのだろう。

店主がとがめると、男は胴間声をあげ手もとの台を叩いた。

「ご自由にどうぞって言ったじゃねーか」

並んだボトルが揺れ「かけ放題」と書かれた三角柱のダンボールが倒れた。

男はこれみよがしに舌をひらめかせ、次々とボトルをしゃぶる。メロン、イチゴ、レモン、ミルク。色とりどりのシロップが男の唾液に汚染されていった。カメラマンのほうは周囲を上半身で薙《な》ぎ払《はら》いながら、構図を工夫するように動きまわっている。

「なので、ご自由にしていまーす」

男がピースサインをつくった。カメラマンの下卑た笑い声が響く。店主は岩陰に身をひそめるスズメダイのようにかき氷機の裏で怯《おび》えていた。

と、彼らに立ち向かっていった者がいた。

「やめなよ。迷惑してんじゃん」

男の手からボトルを取りあげたのは天海さんだった。シロップを置き場にもどす天海さんの腕をひまりが引いた。

「ほっといて大丈夫だから。行こ」

「何言ってんのひまり。大丈夫じゃないよ」

「大丈夫なんだって」

「見なかったことにして自分に嘘はつきたくないの……痛っ」

男の拳が天海さんの肩を打った。カメラマンもスマホを収め天海さんに迫る。男たちに押され、濃紺の浴衣が一歩、また一歩と後じさる。ちょっと、と天海さんがふたりを押し返したとき、男の平手が飛んだ。

天海さんが頬を押さえた。

唇の端から血が流れていた。

僕はうつむき、目をつむった。よくあることだ。祭りにかぎらずマナーの悪い観光客はどこにでもあらわれる。たいていは商店会や観光協会など、その場に居合わせた大人たちが場を収めてくれる。僕が何かする必要はない。しなくていいことはしない。

そうだ、関係ない。

僕には関係――。

鈍い音が響いた。天海さんの苦しげな声が続く。

「関係なくねえか」

みずからを奮い立たせるべくそうつぶやき、僕は踏み出した。人だかりを抜け、四人の間に割って入る。

「あの、」

低姿勢をよそおって声をかける。万が一、お客様の怒りを買ってしまったときは同調しちゃだめ、自分のペースを守って接するの――伯母の教えのひとつだ。

「何？　どっちの彼氏」

「どっちでもありません」

「じゃ、いいだろ」

男が天海さんの襟を取る。布がちぎれる音がした。浴衣がはだけ、インナーがのぞいた。

「よくないです」

僕はその手を押さえた。

「んあ?」

男はドスの利いた声を出した。凄《すご》まれるのは伯父で慣れているとはいえ、向けられている感情の種類がまるで違う。足がすくむのを感じた。同時に、腹の底にふつふつと煮えるものがある。同調してはだめだ。抑えないと。

男の矛先が僕に向いた。胸を押される。張り手が頬を打つ。拳が腹にめりこんだ。嘔《おう》吐《と》のような声と咳が同時にもれた。ふたたび突き出された拳を今度はかわし、手首を取る。引っ張ると、男は慣性にしたがって前のめりになった。転ぶ寸前の背を、僕は勢いに任せて押しこんだ。

直後、目の前が大階段であることに気づく。

踏みとどまれる距離はあった。だが男は酔っていた。

彼は小刻みにステップを踏み、体勢を立て直した。そのままふらふらと段差へとにじり寄り、足を踏み外した。背中から倒れこむ。上半身が見えなくなる。ばたつく両脚が消える。まつりばやしと喧騒に、鈍い音がみだれまじる。

「落ちたぞ」

誰かが声を張りあげた。

カメラマンが彼の名前らしい言葉を叫んだ。

僕は駆け寄り、階段をのぞきこんだ。男の体は波にさらわれた流木のように回転し、五十段目の踊り場でとまった。身動きひとつしない。やがて裸電球に照らされた後頭部のまわりに、血だまりらしい液体が広がっていった。

数名の大人が踊り場まで駆け下りた。

笛太鼓の音律が消える。提灯と裸電球のあかりが光度を落とした。薄闇に閉ざされた世界に聴こえてくる声、声、声。

誰か搬送車を。

助かるのか。

息してません。

だから言ったじゃないか。抑えないとだめだって。余計なことをするからこうなる。僕は。僕は人を殺して――。

誰かが絶叫していた。うるさいな。やめてくれ。そんなに叫んだら喉が焼けてしまうじゃないか。やめて。熱い。声帯が。すり切れて。

「ああああああ！」

それが自分の声だと気づいた瞬間、僕を嘲《あざわら》うように花火が上がった。腹に響く轟音《ごうおん》に耐えかねて膝をつく。言葉にならない声を発し、僕は虚空へ手を伸ばした。

誰もつかんでくれないはずのその手が――。

ふわりと握られた。

「大丈夫」

拍手みたいな音で爆《は》ぜ、落下していくしだれ柳を背景に、ひまりが手を伸ばしていた。金色の柳の枝に浴衣の朝顔が青く咲く。

色とりどりの大玉が上がった。爆音の間隙を縫って抑揚のない声が言う。

「二十四時を過ぎればもとどおりだから」

絶え間ない轟音が続く。花火はやまない。スターマインがはじまっていた。ひまりは腰を屈め、秘密をささやくように僕に耳打ちをした。

「それまで逃げちゃおうぜ」

ぐっと腕を引っ張られる感覚。シンデレラみたいなことを言う年上女性にうながされるまま立ちあがり、僕は駆け出した。

どこをどう走ったか憶えていない。

気づけば誰もいない磯《いそ》にいた。ライトアップされた潮だまりに湯気が立っている。海水と鉱泉がまざりあう秘湯。澪島に数多くある海中温泉のひとつだ。

花火はとうに終わっている。静謐《せいひつ》な風と波の音に心が鎮まっていく。

「こちら、お湯の加減は波がすると歌われておりまして。温度がちょうどいい場所を探してお入りください」

ひまりは平らな岩場でくるりとひるがえった。足もとをフナムシが抜ける。

「ご覧のとおりの野湯ですので」

浴衣の裾を上げ、解説を続ける。

「男湯女湯分かれていません。脱衣所やシャワーもご用意しておりませんので、水着着用か足湯でお楽しみください」

もちろん水着は持ってきていない。僕はスニーカーと靴下を脱ぎ、ちょうどいい湯加減の一角に足を浸した。ずっとうつむいていた顔をあげる。

夜の海と満天の星空が問答無用で美しかった。

「金属のような匂いがするのは泉質が硫化鉄泉だからです。神経症や冷え性に効能があり……」

「詳しいですね」

「やっと喋ってくれた」

ひまりはひかえめな笑顔を咲かせた。片手を腰にあて、わざとらしく胸を張る。

「ツアープランナーの卵なめんな」

そういえば旅行代理店に就職が決まっていると聞いた気がする。

ひまりは下駄《げた》を脱ぎ、僕の隣に腰かけた。白い素足が茶色い湯をかきまぜる。海水で冷えはじめた湯に源泉がまじり、ふたたび足もとに温かさがもどってきた。

「どう？　初対面の女の子と、出逢ったその日に温泉に入る気分は」

「初対面じゃないいんでしょ」

「まぁ、そうだね」

「……認めるんですね」

「反則だよ、なー」

ひまりはバタ足をして湯を跳ね上げた。

「あんなに辛そうにしてたら、大丈夫って言ってあげるしかないじゃん」

桜色の唇を不満げにとがらせる。

「胡蝶《こちょう》の夢って知ってる？」

バタ足をやめ、ひまりはつぶやいた。

「荘子《そうし》でしたっけ」

「さすが受験生。そうそう、夢のなかで蝶《ちょう》が飛んでいた。目が覚めると蝶はいない。はたしてこれは現実か、それとも今ここにいる自分は蝶が見ている夢なのか。……わたしたちがいる八月三十日って、そういう世界じゃない？」

　僕は湯水を掌《てのひら》に掬った。

「これが現実ではないと？」

　指の間からぬめりのある濁った液体がこぼれ落ちていく。

「明日、全部がもとどおり。わたしたちの記憶だけを残して。それって夢と同じでしょ」

　ひまりが言おうとしていることはわかった。今日の自分は明日の自分が見ている夢である。そうとらえることで、僕の気持ちを楽にしようとしてくれているのだ。

　僕は隣に座る年上女性を盗み見た。白熱灯に照らされた肌も、アップに結んだ猫っ毛も、イルカの髪留めも、すこし汗ばんだ浴衣も。全部、ぜんぶ綺麗だった。

「わたしが誘ったせいだよね、ごめん」

「そんなこと……」

「時間ずらしたつもりだったのにな」

　とっさにその意味をさとる。

　一度目ではないのだ。僕は知らなかったが、繰り返す八月三十日のなかで、ひまりと天海さんは、あの男たちにからまれたことがすでにあったのだろう。

「蒸し暑かったからかな。天海ちゃんがかき氷にあんなにこだわるなんて。それに今度はきみまで巻きこんじゃうし」

「天海さんにも大丈夫って言ってましたよね」

「うん。放っておけば、大木みたいな男の人、金物屋の……」

「源《げん》さん？」

商店会会長の大男だ。

「それ。源さんがあいつらにげんこつを落としてくれて一件落着だったはずなの。天海ちゃんもきみも傷つく必要なかった」

「無駄だったんですね」

徒労感が押し寄せた。同時に、階段を転げ落ちていく男の姿が脳裏によみがえる。叫び出しそうになる心を抑え、僕は温泉と潮の匂いを深く吸いこんだ。

「世界には無駄なことしかないでしょ」

ひまりは湯からあがり、下駄に足を通した。

「どちらへ？」

「喉渇いたから飲み物買ってこようかなって。道路沿いに自販機あったよね。なーは何がいい？」

白い腕が岩場の巾着袋を拾おうとする。その手首を、僕はつかんだ。

「行かないでください」

「すぐ帰ってくるって」

「僕のそばを離れないでください」

手首を握る指に力をこめる。我ながらみっともないのはわかっている。けれど、今彼女に置いていかれたらどうにかなってしまいそうだった。置き去りにされるのが苦手な僕の心は小六のときから変わらない。

「仕方ない子だなぁ」

ひまりはふたたび下駄を脱ぎ、隣に腰をおろした。足先を湯に浸し、とんとんと僕の背中を叩く。小刻みに体が揺れるたび、こわばっていたものが溶けていく。自分の鼓動が、呼吸が速度を落としていくのがわかった。泣いてもいないのに慰められているようだと思ったとたん、本当に涙腺がゆるみはじめた。

星と月と白熱灯の光がひとつにまじわり、にじんでいく。海のなかみたいに揺らぐ視界で虹のかけらがふるえていた。

「で。なぎさちゃんは、いつまでお手々握ってるんでちゅか？」

はっとして、僕はひまりの手を放した。

「べつにいいけどさ」

「夢中で考えていたんです。一体どうしたらこのループを抜けられるか」

ぜんぜん隠せていない涙声で応える。

「ごまかし方が雑じゃない？」

「いえ、本当に……たぶん」

「あはは」

ひまりは子供みたいに笑ったあと、僕の背中を叩く手をとめた。

「ループを抜ける方法ならあるよ」

「えっ」

ひとさし指を立てて桜色の唇に寄せる。内緒、とでも言うのかと思ったら違った。

「でも明日にしよっか。今いろいろ説明されても、頭が爆発して割れて、階段が血だまりに染まっちゃうでしょ」

「…………」

ユーモアに悪意がありすぎるだろ。

「えへへ」

「えへへじゃねえよ！」

それから僕らはどうでもいいことを喋り続けた。

澪島と標島のこと。お互いの好きなものや苦手なこと。共通の知り合い——天海さんや浜辺さん、ゐりゑ屋のオーナーや女将、仲居さんのこと。温泉の湯加減。岩の隙間にフナムシがたくさんいて気持ち悪いこと。ふやけていく足の指について。夜空と月の美しさについて。

時間を浪費するおしゃべりでしかない。

だけどこの瞬間、ひまりと他愛のない話をすることが何より大切だと思えた。力の抜けた声が耳に心地いい。ときおり咲く宝物のような笑顔を目にするたび、自由に駆けまわるイッヌの姿が浮かんだ。

もうもどれないかもしれない。ふと、そう思った。

二十四時になったとたん、眠りにつくように世界は消えた。

目が覚めると自室にいて、四度目の〝今日〟がはじまっていた。

◇

「タロットループってわたしは呼んでる」

庭園の休憩所でひまりはそう切りだした。

「タイムループじゃなくて？」

「タロット、大アルカナ、で検索してみて」

イッヌを撫でながら抑揚のない声で言う。

ゐりゑ屋の庭園。吹き抜ける風が心地よいベンチにふたり腰かけている。看板犬は彼女の膝の上で寝息を立てていた。昨日と似た光景だが、時間は早い。まだ午前中だ。

翌日。八月三十日、金曜日。

四回目の〝今日〟、空に浮かんでいるのは数字の「18」の形をした雲だった。相変わらず〝毎日〟ひとつずつ数が減っている。

ひまりの髪留めはひまわりだ。黄色い花弁《かべん》がワンピースの柄とよく似あっている。浜辺さんは風邪。天海さんは郷土資料館。止まっているともいえる世界で、僕とひまりだけが動いている。

僕はスラックスのポケットからスマートフォンを出し、言われたとおりに検索をかけた。

「えっと……タロットカードは全七十八枚で構成されており、とくに意味の強い二十二枚を大アルカナ、残りの五十六枚を小アルカナと呼びます」

「大アルカナのカードだけ見てみて」

画像を拡大する。レトロで素朴な絵がディスプレイに並んだ。

「ウェイト版のデッキだね」

ひまりは身を乗り出して画面をのぞきこんだ。はらりと流れた栗色の髪が僕の手首を撫でる。くすぐったいけれど、払うのも意識しすぎな気がしてそのままにしておく。

「ウェイト版？」

「タロットカードっていろんな絵柄のデッキが売ってるの。中世で使われていたものからディズニーのイラストまで色々ね。ウェイト版は一番スタンダードなやつだよ」

「タロットってちゃんと見るのはじめてです」

僕はもの珍しさから、目を惹《ひ》かれたカードに書かれた英語を意味もなく読み上げた。

「マジシャン、ラバーズ、チャリオット、ホイール・オブ・フォーチュン」

「魔術師、恋人たち、戦車、運命の輪ね。それぞれ数字が割りあてられてるでしょ」

ひまりの言うとおり、大アルカナのカードには〇から二十一の数が振られていた。魔術師は一、恋人たちは六といった具合だ。アラビア数字でなくローマ数字なのでちょっと読みにくい。

「ゼロから二十一。ピンとこない？」

すぐに思いあたり、僕は空を仰いだ。

「雲の形」

「そう。初日は二十一だったでしょ」

手もとの画面をスワイプする。二十一番のカードはワールドだ。緑の輪の中に裸婦が描かれている。

「一日目はワールド、世界。翌日は二十だからジャッジメント、審判の日」

膝の上のイッヌを撫で、ひまりは歌うように言った。

「で。今日はサン、太陽の日」

僕は太陽のカードを拡大した。陽光の下、裸の子供が白馬にまたがっている。

「え、でも……」

口をはさむ僕にかまわず、ひまりは続けた。

「いいカードだよ、太陽。意味は報酬、幸福、チャンス到来、クリエイティブ。馬に乗ったこの子はきみ自身をあらわしてる。両腕を広げてるでしょ。のびのびと流れに任せて大丈夫。自然体でいるのがいちばん大切ってこと」

ひまりは何も見ずにすらすらと説明する。

僕は太陽のカードをタップした。彼女の話と似たような内容の解説文が表示された。

「タロット詳しいんですね」

「わたしじゃなくて天海ちゃんがね」

「受け売りだったんですか」

「受け売り言うな」

ひまりは唇をとがらせた。

「冗談ですよ」

友達から教わったにせよ、じゅうぶんに精通しているレベルだ。僕は〝昨日〟の海中温泉を想い出す。あのときもすらすらと、まるでツアーコンダクターのようだった。きっと記憶力がいいのだろう。受験生にはうらやましい能力だ。

「で。太陽に続いて月、星、塔、悪魔、節制、死神……」

順番も正確に憶えているらしい。ひまりは次々と二十二枚のカードの名前をそらんじていった。吊るされた男。正義。運命の輪。隠者。力。戦車。恋人たち。法王。皇帝。女帝。女教皇。魔術師。

「そして愚者。これが最終日」

フール、愚者のカード。断崖に立つ男の頭上には「〇」が書かれている。

「最終日？」

「そ。雲の数字がゼロになったら最後の日」

「ループを抜けられるんですか」

「そうだね」

「何かする必要がないってこと？」

「時間が過ぎるのをただ待っていればいい。大アルカナのゼロは愚者。崖を前にしてなお歩む愚か者こそが未来へと進めるの」

なんだ、と僕は肩の力を抜いた。永遠に抜け出せない迷路にいる可能性さえ考慮していたのは無駄だったようだ。ひと呼吸遅れて、当然の疑問が湧いた。

「どうしてひまりはそれを知っているんですか」

「ちゃんと名前で呼んでくれてるね。えらいえらい」

ひまりはイッヌをさすっていた手を持ち上げ、僕の頭を撫でる。すこし照れるが、明かされた事実への驚きが気恥ずかしさを上回った。

「じつは二回目なの」

ひまりは両腕でみずからの肩を抱いた。小花柄のワンピースの胸が存在感を増し、僕は視線をそらした。

「はじめてじゃなくてごめんね」

「そんな意味深な感じで言われても」

「あはは」

「一度目はいつ、どこで？　前のときも誰かと一緒だったんですか」

「深掘るねぇ……でも」

ひまりはふたたび看板犬の長毛を撫ではじめた。

「その話はしないよ」

抑揚のない声で撥《は》ねつける。伏せた瞳にフジツボの虚がもどってきそうな気がして、僕は身構えた。が、あらわれたのは申し訳なさそうに眉根を下げる感情ゆたかな表情だ。

「ごめんごめん。言い方冷たかったよね。わたし優しくないなぁ」

心底すまなそうにこちらを気遣う。

「ひまりが優しいのはわかってますから」

昨夜の星空を想い出しながら、僕は応えた。

ひまりは水面で息継ぎをするウミガメのように口をあけ、絶句した。やがて、

「へぇ」

と、とりつくろうような流し目をつくる。ただよう空気がこそばゆくて、僕は颯爽《さっそう》と話題を変えた。

「ところで。どうして隠してたんですか？」

「隠す？」

「ループはしてないし、雲もなんの形にも見えないって」

言いながら、これも詮索しすぎている気がした。

「あ、いえ……話したくなかったら秘密でかまいませんけど」

とってつけたようにつけ加える。だめだ、ひまりの前だとやっぱり自分のペースを保てない。

「覚悟ができてなかったから、かな」

「覚悟？」

「きみとこのループを過ごす覚悟。だってさ、ほかのみんなは毎日リセットされるんだよ。それって世界にたったふたりだけみたいなものじゃない？　どうしたって運命感じ

ちゃうでしょ」

　ひまりは遠い空を見つめ、まばゆそうに目を細めた。

「好きになっちゃったら困るじゃん」

　力の抜けた声が抑揚のない歌を紡ぐ。

　風の音や蟬しぐれも消え、その言葉だけが直接耳に届くかのように響いた。だからだろうか。頭の中で独り言をつぶやくようなつもりで、つい、声に出してしまった。

「……もう困ってます」

「ばっ」

　ばっ？

　遅れて気づく。自分は今、とりかえしのつかないことを口走ってしまわなかったか。フォローしようと目をやると、ひまりは頰を真紅に染めてそっぽを向いていた。

「へ、へぇー」

　髪からのぞく耳朶《じだ》まで赤い。

「いえ、違うんです」

「何が違うんだよー、こっからどう言い逃れるつもりだよもー」

　牧場で毎日澪島ミルクを生産する牛たちのようにもーもー鳴いたあと、ひまりは真っ赤な顔で問う。

「きみのそれって天然なの？　それともわざとやってるの？」

「それ？」

「失言口説きみたいなやつ」

「ち、違います。べつに口説いてるとかじゃなくて。ひまりの前だと、抑えても気持ちがあふれ出しちゃうというか……」

「そういうとこだよ！」

もう墓穴を掘ることしかできない。

ひまりはイッヌの毛並みに顔をうずめた。肩がふるえ、声がもれる。爆笑しているらしい。ほどなく顔をあげ、素潜りのダイバーみたいに大きく息を吸う。

「きみってほんとに予想がつかないね。こんな感覚、ずっと忘れてた気がするよ」

笑って目尻の涙をぬぐう。

「それはこっちのせりふです」

つられて笑ってしまいながら僕は応えた。

ひまりも、ひまりと一緒にいる自分も、つねに想像の斜め上を駆け抜けていく。こんな女性にはじめて逢った。そして、こんな自分も知らない。

青い空にふたりの笑い声が吸いこまれていく。入道雲の横には数字を描く雲。僕とひまりしか知らない夏空だ。

「今日は天海ちゃんでも迎えに行こっかな」

ひまりはイッヌを僕に返し、立ちあがって伸びをした。

「郷土資料館ですか？」

「昨日の埋めあわせ的な」

昨夜、ひまりは天海さんを放っておいて、二十四時まで僕につきあってくれたのだ。

「だったら僕も」

「なーも行くっしょ」

同時に口をひらいてしまったことが噓みたいに面白くて、僕らはまた笑った。

「僕も謝りたいです」

天海さんにひとこと詫びたい気持ちは一緒だ。たとえ相手の記憶がリセットされていても。意味のない、無駄な行為だとわかっていても。

ふと思いついて、僕はたずねた。

「免許持ってます？」


ひまりがグリップをまわすたび、エンジンがうなり、道路沿いの景色が勢いよく後方に流れていく。

幌《ほろ》のような屋根。窓もドアもない車体。ビニールレザーのチープな座席。T字のハンドルや、タイヤがひとつだけの前輪はバイクのようでもある。

インドや東南アジアではタクシーとして使われているらしい三輪自動車、通称トゥクトゥク。

港に近いレンタカー店で貸し出している一台だ。十分ほど簡単な説明を受けるだけですぐに乗ることができる。

ひまりの運転で、僕らは島の南西へと向かっていた。

「ひゃー」

藤壺ひまり、大興奮。

提案を喜んでくれたのは素直に嬉《うれ》しいのだが——。

「スピード出し過ぎですって！」

のぞきこむと、メーターは時速八十キロを超えていた。後部座席の僕はカーブに差しかかるたび、振り落とされないよう強くイッヌを抱きしめる。

「トゥクトゥクはじめて乗ったよ。レンタルあるのは知ってたんだけどな」

ひまりは手もとのレバーを引いた。

「わ、ワイパーが上から来たっ！」

もう一度レバーを操作すると踊っていたワイパーがとまった。その後もライトを点《つ》けたり消したり、クラクションを鳴らしたり、ひまりは非常に楽しそうである。

「世の中、未体験のことってまだまだあるんだね」

「そりゃそうですよ」

「なーも運転してみなよ」

　ひまりは半分だけ後ろを向いて言った。風にあおられ栗色の髪が舞う。

「無免ですよ」

「夢の世界にどんな法律があるのさ」

「いやいや……」

「捕まったら新聞記者だって言えば平気」

「新聞記者？」

「ローマの休日、観《み》てないの？　アン王女がね……」

　ひまりは熱っぽく説明した。

　かの名作映画には、オードリー・ヘプバーン扮《ふん》するアン王女がスクーターを暴走させるシーンがあるらしい。アンは警察に捕まってしまう。だが、恋人のジョーが記者であることを明かすと、事態は丸く収まる。

「映画好きなんですね」

「好きにならざるを得なかった感じかな」

「なんですかそれ」

トゥクトゥクが速度を落としていく。車体を路肩に停止させ、ひまりは運転席を降りた。

うながされるままにイッヌを渡し、僕はしぶしぶハンドルを握った。後部座席から飛んでくる指示どおりにギアを入れる。ブレーキを放すと、三輪自動車はゆっくりと前進をはじめた。

僕は運転免許証を持っていない。あきらかな法律違反だ。タロットループにかこつけて、一線を越えてしまった。以前の僕だったら絶対にしない行為だ。

右手のアクセルをまわす。エンジンがうなり、速度が上がる。

「おまわりさーん！」

「やめろ」

「あはは」

結局、時速三十キロで二分も運転しないうちに、僕はひまりにハンドルを返した。自分の足で走ったわけでもないのに、緊張で息があがっていた。

ふたたびひまりがハンドルを握る。カーブを越えると、彼女はさらに速度を上げた。メーターが振れていく。時速九十キロ、九十五、百。

「出し過ぎですって。ほんと捕まりますよ」

「おまわりさーん」

「だからやめろ」

しばらくすると、本当に駐在さんの姿があらわれた。

自転車を漕《こ》ぐ駐在さんを、時速百十キロのトゥクトゥクが追い抜く。青ざめる僕をよそに、ひまりは手を振った。制服をまとった老紳士は笑顔で手を振り返した。この島、のどかすぎやしないか。

「こんなに暴走するトゥクトゥクはじめてだよ。すごいね」

抑揚のない声がのんびりと言う。大根役者でもしないような棒読みだ。この観光客もクレイジーすぎやしないか。

「ひまりが暴走させてるんですよ！」

「夏の島の怪異。爆走するトゥクトゥク」

「都市伝説みたいに言われても！」

「あはは」

駐在さんの笑顔がものすごい速度で遠ざかっていく。左手には白波きらめく大海原。反対側は深緑。山道をのぼれば島でもっとも南に位置する展望台がある。

「きみの、細かくツッコミ入れてくれるとこ好きだよ」

ひまりはまっすぐにこちらを見つめた。その「好き」の奥にもっと何かが隠れている気がして鼓動が跳ねる。

虹彩の綺麗な瞳は、いつまでも僕を見つめていて――。

「いや、前見て運転してください！」

気づけば郷土資料館を通り越していた。

徒歩でも三時間ほどで一周できる島だ。速度違反の車なら、あっという間に南西端に着く。

ひまりは大きくハンドルを切って、車体をUターンさせた。資料館の前では見慣れたショートボブの女性がぽかんと口をあけている。夏の島の怪異は目撃されていたらしい。

「天海ちゃーん、元気ー？」

ひまりが声を張りあげた。

「あんたたち何やってんだよ」

ふたりと一匹でトゥクトゥクを降りる。眼下ではリアス式海岸の岩肌とコバルトブルーの海がコントラストを奏でている。海水の透明度は高く、底に転がる石まで見通せた。

◇

郷土資料館にほど近いカフェでランチにした。

室内と外の席がひと続きの、オープンテラスタイプの店だ。店内には猫の額より狭いステージが設けられており、地元のアーティストが演奏を披露しているときがある。ステージは今日は空だ。

犬連れの僕らはテラス席のパラソルの下で、人気の「島《しま》づけ丼《どん》」をたいらげた。キハダ、カツオ、カンパチなど旬の魚を島唐辛子入りの醬油《しょうゆ》ダレに漬けこんだ漁師めしだ。

食後に三人でバタフライピーを頼む。南国の海のように青いハーブティーで、レモンを入れると色が紫に変わる。こちらは澪島の名産というわけではなく、気のきいた店なら全国どこでも扱っている流行《はや》りものだ。

「これ好き。もう五千回くらい飲んだ」

ひまりはブラウンシュガーをかき混ぜ、大げさなことを言った。

「盛りすぎ」

ツッコミを入れたのは僕でなく天海さんだ。

ひまりと天海さんが喋り、僕が聞き役に徹する。僕にはわからない話もあったが退屈はしなかった。狭いテーブルの隣席にひまりがいて、力の抜けた声をずっと聴いていられる。肌を撫でる海風は涼しく、遠い白波はまばゆい。足もとには寝息を立てる仔犬。

しばらく忘れていた穏やかな時間だった。

「天海ちゃん、聞いてくれる？」

話の切れ目にひまりは切りだした。

「やっぱり。何かあったのか」

「えっ？」

「昨日までのひまりと違う感じがするから」

「……相変わらず鋭いなぁ」

ひまりはカップに口をつけた。ひと口飲み、なんでもないことのように告げる。

「わたしたち、同じ一日をループしててさー」

合わせてすすっていたバタフライピーを、僕は噴き出した。

「待って、秘密じゃないんですか」

思わず会話に割って入る。彼女は不思議そうに首を傾けた。

「なんで？」

「なんでって。だって、こういうのって隠しておくのが普通じゃないんですか」

「誰が決めたの」

「いえ、誰でもないけど……」

誰が決めたわけでもない。が、小説であれ映画であれ、時間旅行をしている人間は、何も知らない相手には事情を伏せておくのが相場ではないのか。

「そういうのって信じてもらえないからとか、言ったらおかしな奴《やつ》だと思われるとかそんな理由でしょ。でも天海ちゃんは親友だし、わたしが何を言ったって否定するようようなな子じゃない」

　話についてきていない親友にかまわず、ひまりは続けた。

「まさかループのことを伏せて謝ろうとしてたの？　ちゃんと話さないとちゃんと謝れないじゃん」

「僕には秘密にしてたのに」

「なーに隠してた理由はさっき話したでしょ。事情が違う。なんでも一緒くたに考えようとすると、あいまいにしか世界を見られなくなるよ」

　言われてみればそのとおりだった。

　速度違反も無免許運転も、殺人さえリセットされてしまう状況で、秘密を守りとおす意味はあまりない。普通、常識、相場——そんなものは、みずからが生み出した幻の制限だ。

　かなわないな、と思った。この人はいつも僕を狭い思考の外側へと連れ出してくれる。僕は敬意をこめて聡明《そうめい》な年上女性の横顔を見つめた。

「最後のは私の受け売りだけどな」

　と天海さん。

「バレたか」

　ひまりを尊敬しかけた自分はどこへ行けばいい。

「というか、どういうことよループって」

詰め寄る天海さんに、僕らは説明した。〝昨日〟、神社で起こったことを話し、ふたりで頭を下げる。天海さんは眉間に皺《しわ》を刻んだ。

「冗談じゃなくてほんとっぽいね」

「そだよ」

「うーん……そういうことってあるような気がするよ」

「信じちゃうんですね」

僕は驚きとともに言った。渦中にいる僕自身、受《う》け容《い》れるのに〝二日間〟かかったというのに。

「相棒の言うことだからね」

天海さんは白い歯を見せて微笑んだ。そのひとことで済ませてしまえる潔さに、ふたりの絆《きずな》の強さを想う。相棒に目をやると、感激からか今にも泣きだしそうな顔をしていた。

「まぁ、馬鹿なことばっかり言ってる馬鹿なのは認めるけど」

「わかります」

「お前ら、体育館裏来い」

涙目で頬をふくらませたひまりの抗議は、子供の声にかき消された。

店内からだ。小学校にあがる前くらいだろうか、家族連れの女の子がステージの脇に並んだ楽器を指さしていた。どれでもいいから弾いてほしいと両親にねだっている。親のほうは素養がないらしく、断るばかり。娘はぐずり、ついに泣き出してしまった。

泣き声は力強い。ほかの客は歓談どころではなくなった。さすがのイッヌも眠りから覚め、可愛《かわい》い顔に似あわない低い声で吠《ほ》えた。

「はぁー、仕方ないなぁ」

立ちあがったのはひまりだった。

「お借りしまーす」

店員に声をかけ、壁の棚からバイオリンを取る。そばにあったアップライトピアノで調弦を終えると、顎と肩にはさみ、深呼吸をひとつ。プロの演奏かと思うほどのビバルディがはじまった。

情熱的に、全身で奏でるように弓を動かす。さざ波のように揺れる左指が細かいビブラートを生んだ。子供はすっかり泣きやんでいた。喜んでいるというより、質の高い演奏に打ちのめされている様子だ。

当然、僕も圧倒されていた。

「楽器できるんですね」

つぶやくと、意外な答えが返ってきた。

「私も知らなかった」

「え？」

音楽に明るいわけではない僕でも、演奏が素人の発表会のレベルではないことはわかる。ふたりは中学校からのつきあいだと言っていた。これほどの特技を親友に隠しているることなどあるのだろうか。

「つぎ、こっち！」

女の子がピアノを指さした。調弦に使ったアップライトピアノだ。ひまりは子供の無茶ぶりに完璧に応えた。ショパンの演奏もプロ並みだった。

「ピアノも弾けるんですね」

「だから知らなかったんだって」

「すごいですね、音大生さんですか？」

僕らのテーブルに来た店員が、水を注《つ》ぎ足《た》した。

「普通の私大です」

天海さんは応えた。太平洋を望むオープンカフェに繊細な旋律が響き渡る。イッヌはふたたび床に伏せ、指揮棒を振るように尻尾を左右に動かしていた。

家族連れが港へ行くというので、僕らは相乗りで島の北東を目指した。運転席にひまり。二列目に僕とイッヌと天海さん。三列目に両親と幼い娘。

ちょうどいつもの雨が降りはじめる時間だったため、あらかじめ雨よけを下ろしておいた。車体のサイドを覆うビニールシートだ。

帰りは夏の島の怪異は見られず、さすがに安全運転だった。

大粒の雨がフロントガラスとシートを打つ。娘は雷にも暴風にも怯えることはなく、楽しげにはしゃいでいた。トゥクトゥクにも大満足のようだ。港で三人を降ろすとき、いつまでもひまりと離れたがらない娘に両親は苦労していた。

トゥクトゥクの返却手続きをしている間に雨はやんだ。

宿にもどる。鶴の間まで送ると、天海さんが先に部屋に入った。

「はまべー生きてるか？」

「三途《さんず》の河の向こう側をチラ見してきたよぉ！」

「よく寝られたようでよかったよ」

「おばぁちゃんいた。ひいおばあちゃんもいたぁ！」

大げさに再会を祝うふたりの声は廊下にまで響いた。

「お大事にとお伝えくださいい」

そう告げ、去ろうとする僕をひまりは引きとめた。

「あ、あのさ……」

とまどいがちに口をひらく。

「夜、どうする？　花火リベンジとかしちゃう？」

僕は誘いを断った。

「夜は勉強しないと」

タロットループのぶんの二十二日間が増えたとはいえ、毎日の習慣が崩れるのは致命的だ。いずれループを抜けられることがわかった以上、日課を死守しなくては今後に障る。

「宿の手伝いもあるし……」

すると、ひまりは息のかかる距離まで近づき、僕の耳もとに唇を寄せた。

「サボっちゃえよ」

雨の匂いのまじった柑橘系《かんきつけい》のコロンがふわりと香る。

「悪魔のささやきやめて」

「ぐへへ」

「笑い方！」

体を離し、悪魔は言った。

「そういう駆け引きはしてくるのね」

「駆け引き？」

ひまりは美しい虹彩を見せつけるように目をみひらいた。

「……ほんとに天然なんだ。末恐ろしいわ」

謎の言葉を残し、鶴の間に引っこむ。

夜、気になって「男女の駆け引き」でネット検索をかけてみた。

──いつでもOKせず、ときにはデートのお誘いを断ってみて！　相手はあなたのことがもっと気になって仕方がなくなるはず！

僕は枕を抱きしめて、ここにいない彼女に詫びた。

「ごめん、そんなつもりじゃなかったんだ」

あれがデートのお誘いだなんて微塵《みじん》も考えなかった。断りながら、明日また同じ一日を過ごせるのを楽しみにさえしていた僕はたしかに天然だ。抑揚のない声が耳によみがえる。

──夜、どうする？

一緒にいたい、と思ってくれたってことなのかな。

僕のことをどう想っているのだろう。

ひまりが自分のことを好きになってくれる可能性を考えてみて、居ても立ってもいられなくなり、枕に顔をうずめた。藤壺ひまり。ビーズに埋もれた唇で彼女の名前を転がす。陽ざしに照らされたみたいに頬が熱くなった。誰もいない自室なのに、恥ずかしくていつまでも顔をあげられなかった。

それからも毎日、僕らは一緒に過ごした。

神秘の浜で海水浴。工房でガラス細工体験。レンタサイクルで澪島一周。海沿いのキャンプ場で海鮮バーベキュー。

旅館スタッフなのに、まるで観光客になったような日々を僕は過ごした。天海さんは〝毎日〟郷土資料館へ足をはこんだので、ひまりとふたりきり。たぶんデートと呼んでいいいと思う。

一日ごとにリセットされてしまう世界は、自由だが不便さもあった。たとえば時間をかけて作ったおそろいのグラスは次の日には使えない。よく撮れた、絶対に残したかったツーショット写真も翌日には消えてしまう。

交換した連絡先は日付をまたげない。

船着き場での〝初対面〟が待ち切れず、朝起きたらメッセージを送りあうのが僕らの日課になっていた。登録しても二十四時を過ぎれば消えてしまうため、お互いのアカウントを記憶に刻みこんだ。

夜は相変わらず別々に過ごした。が、晩《おそ》くまで文章をやり取りしたり、ときには電話で話すようになった。

本館と、離れ。すぐ近くにいるのに何時間も電話で話しているのがおかしくて、ツッコミを入れあった。通話中に花火がはじまった日もあった。勉強するんじゃなかったの、としつこくからかわれた。

鶴の間は本館三階の角部屋だ。僕の部屋からぎりぎり見える位置にある。夜中、電話しながら懐中電灯で合図を送りあった。

庭園の芝生広場を、ひまりがあやつる光が逃げる。追いかけ、タッチすると鬼が入れ替わり、今度は僕が逃げる番。

やがて、夜の庭で光の筋が交差する。

誰に知られることもない光の鬼ごっこは、ループ八日目の節制の日まで続いた。

転機は九日目に訪れた。雲の形は「13」。死神の日だ。

空の台車を押して港へ下りるのもすっかり日課となっている。今日はどんな髪留めをつけているだろうと楽しみにしながら、大型客船の到着を待つ。

やがて接岸した船から華やかな三人組が降りてきた。

「島全体がパワースポットって感じ」

天海さん。

「海も空も綺麗。モノクロ原稿ならベタで真っ黒に塗りたいねぇ」

浜辺さん。

「みてみて、標島の岬がちんちんの形してる」

おい、と僕は遠くからつぶやいた。

「シモネタやめろ」

天海さんが僕の心を代弁してくれた。続いて、浜辺さんのキャンバスの角がひまりの額を直撃。よくやった、と僕は内心で快哉《かいさい》を叫んだ。

さっそく髪留めを確認する。

左耳の上で栗色の髪を飾っているのは、ぬいぐるみ素材のウサギだった。小太りの白ウサギが頭にしがみついている様子は可愛いが、ちょっと子供っぽい。もっと言うならアホっぽい。あとでネタにしてやろう。

僕は台車を押して歩み出た。

「ゐりゑ屋の入江渚沙です」

ひまりはひとさし指を持ち上げ、軽くウサギを叩いた。何かを期待する顔。コメントは、とでも言いたげだ。僕があきれた表情をつくると、つまらなそうな顔になり、すぐにいたずらっぽい笑みを浮かべた。

「はじめまして、なー」

「はじめまして」

わざとらしい棒読みで僕は応えた。視線をからめ、微笑みあう。と、天海さんは僕らを交互に見つめ、いつもと違うことを言った。

「あんたたちって前からの知り合いなの？」

一瞬、何かイレギュラーが起こったのかと思ったが、そうではなかった。僕らの間に流れる親密な空気が異なる反応を引き出しただけのようだ。

「うん、じつはわたしたち、同じ一日をループしててさぁ」

「さっそくですか！」

どこまでも自由なひまりである。

台車に荷物を積みつつ、僕らはタロットループについて説明した。相棒の言うことだから信じる、と天海さんは前と同じ反応。浜辺さんは話に耳を傾けながら興奮をあらわにした。

「面白ぉい！　その話、漫画のネタにしていい？」

事の真偽など面白さの前ではどうでもいいらしい。このふたりには、タイムトラベルを描いた映画や小説さながらにこれから起こることを予言してみせる必要などないようだ。

「ひまりって友達に恵まれてますね」

「でしょ？」

ひまりは得意げに胸を張った。

浜辺さんは、漫画家を目指すため留年を決めたというおなじみの話をしたあと、僕にたずねた。

「入江渚沙くんだっけ？　名前が綺麗だから主人公かサブキャラに……」

「いいですよ」

最後まで聞かずに僕は応えた。すこしだけ、辟易《へきえき》した気持ちをおぼえつつ。

言動がいつもと違うのは天海さんだけではなかった。三人と荷物を鶴の間に届け終えると、廊下で女将が待っていた。

「伯母さん？」

ループがはじまってから、伯母がこの場に居合わせた日はない。不審に感じながらも僕は挨拶をした。

「おつかれさまです。チェックアウトラッシュは終わりました？」

「座りなさい」

伯母はエレベーターホールのソファを示した。叱られるわけではない。どうでもいいことを話すときにあらたまるのがこの人の癖なのだ。ソファに尻を沈めると、伯母は向かいに浅く腰かけた。

「恋をしているのね」

「ぶはっ」

僕は飲み物を口にしている最中だったら致命的な声をあげた。

「隠しても色に出ます。藤壺様はナギちゃんの幼なじみ？　小学校が一緒だった子？」

「同じ一日を……」

言いかけて口をつぐむ。この場合、律儀にタロットループの説明をしなくてもいいだろう。四十がらみの乙女の興味本位な詮索につきあう義理などない。

「ほら早く答えて。フロントの業務を人に任せて来てるんだから」

「女将、仕事してください」

「それともメル友とか？」

質問攻めが続くが、僕は旅館スタッフとしての進言に徹した。

「まぁ、いいわ。ひとつだけ憶えておいて」

言うなり伯母は目を閉じた。わずかにあごをあげる。リップのグロスが光る唇にいやでも視線が行き、意味もなく緊張が走った。伯母はいつまでも黙ったままだ。

「なんの時間ですかこれ」

「キスしなきゃいけない雰囲気を出してあげてるの」

伯母はかすかに唇をひらき、軽く突き出した。

「甥《おい》っ子《こ》にしちゃだめな顔ですそれ」

「とにかく。キスしなきゃならないときはそうとわかる。無理やり唇を奪ったり、キスしていいか訊いたりしなくて平気。普段ならこんな話はしないけど、今にもそのときが来そうなふたりに見えたからしたの。がんばって」

伯母は着物の下の足を尋常でないほど素早く動かして階段へ向かった。エレベーターを待つ時間もないようだ。

「……勉強になりました」

暇を盗んでまでキス顔を見せにきてくれた名女将には感謝しかない。

夕食の給仕の手伝いを終え、〝一週間〟ぶりに夜泊神社にやって来た。

心臓破りの階段を見上げていると、浴衣姿のひまりが視界をさえぎった。巾着を持った腕を広げ、音階のない歌をうたう。

「血染めの階段へようこそ」

遠慮なくトラウマを刺激してくる悪魔を僕はにらんだ。

「なんの都市伝説ですか」

「それでもちゃんとツッコんでくれるとこ好き」

ひまりはくるりとひるがえり、階段をのぼっていく。

予定外にもふたりで祭りに来ることになったのは天海さんのせい、いやおかげだ。

昼はひさびさに三人で過ごした。オープンテラスのあの店ではなく、港にほど近い郷土料理屋で「島御膳」をたいらげた。山盛りの刺身、焼き魚、べっこう寿司《すし》、あら汁のセットだ。二万円もする豪華メニューだが、この頃の僕らはもう散財を気にしなくなっていた。宵越しの金はリセットされてしまう世界なのだから。

――花火、ふたりで行ってきな。

メインディッシュよりうまそうにデザートのシャーベットを食べる天海さんに、強く勧められた。ふたりきりになりたい空気でも洩れていたのだろうか。だとしたら申し訳ないし、自分がそんな空気をだだ洩れにさせていたのならとてつもなく恥ずかしいのだが、お金と同様、宵を越せない恥をかき捨てるついでに、その場で僕からひまりを誘った。

百段をのぼりきると、かき氷の屋台の前に例の二人組がいた。

「こうすればバズるんだろ」

ひとりがシロップのボトルに口をつけ、もうひとりがスマホのカメラで撮影している。

「またこの時間に引っかかっちゃったか」

ひまりはため息とともに言った。

「源さん来るから見ててね」

男がピースサインをつくる。カメラマンが笑い声をあげる。ややあって、人混みを割って大男があらわれた。二メートルに届こうかという巨体。顔の下半分は、すき間なく珊瑚が付着した岩のように髭《ひげ》に覆われている。商店会会長、金物屋の源さんだ。

源さんはふたりの酔っ払いに順番にげんこつを落とした。拳が頭蓋骨を打つ鈍い音が、人の声やまつりばやしの喧騒に埋もれず響き渡る。

男たちは逃げるように階段を下っていった。

「ね?」

「おっきなたんこぶが残りそう」

「二十四時には引っこむたんこぶ。寿限無《じゅげむ》かな?」

その言い方が面白く、自分が一度は彼を殺したことも忘れて噴き出してしまう。

「毎日やってると思うと笑えますね」

「笑えるっていうか……」

ひまりは踊りを再開した獅子舞をよけて歩みを進めた。

「機械みたいというか。人間なのに無機物みたいに感じる。いつの間にか風景の一部になってくの」

「わかります」

適当に打った相槌《あいづち》を後悔させるような言葉が続いた。

「友達さえもね」

「……わかります」

結局、同じ相槌を返すことしかできなかった。

ループがはじまってから、僕はときおり、うんざりとした気持ちをおぼえていた。彼らのような他人だけではない。伯父。伯母。旅館のスタッフ。湊。天海さんに浜辺さん。記憶が蓄積されない人間は、似たような状況になれば同じようなことを言う。そのたびにこちらは、相手との間に断絶のようなものを感じるのだ。

こちらが当然だと思っていることが共有されていない。まるで自分以外が、いや、僕とひまり以外がみな、エラーを発生させた機械になってしまったみたいな嫌な感覚だ。

ひまりも僕と同じような断絶をたびたび感じているのだろう。浴衣の朝顔模様をはずませ、石畳を進んでいく足取りを僕は追う。見失わないように。人混みに紛れ、彼女が風景になってしまわないように。

提灯のあかりが消え、まつりばやしの音がやんだ。

まもなくはじまる。

どちらからともなく手を握り、僕たちは会場を目指した。手水舎《ちょうずや》の脇の道を折れ、小高い丘を進む。簡易な椅子が無数に設置された広場にたどり着いた。

空いている席を見つけて座ると同時に、眼下の浜から花火が打ち上がった。

夏の星座を背に色とりどりの花が咲く。柳が垂れ、細かい三日月のブーメランが踊る。

暗い海に光の揺らめきが映っては消える。

腹に響く爆発音を浴びながら、僕らはずっと手を繋いでいた。

止まってしまった世界でたった孤《ふた》り。互いを繋ぎとめる互いの存在がなければ、僕らはきっと夜の海原へと漂い流れてしまいそうな、そんな気がした。

スターマインが終わり、スピーカーがまつりばやしをふたたび奏ではじめても、僕らは立ちあがらなかった。まわりの席に誰もいなくなった頃。

とん、と左肩に重さを感じた。

ひまりの頭だった。とくん、と脈が打ち、胸にあたたかいものが広がった。全身の神経が肩に集まったかのようなこそばゆさをおぼえた。

肩に載った幸せな重さが離れてしまわぬよう、僕はわずかな身じろぎも封じて同じ姿勢を保った。永遠とも思える時間そうしていたあと、慎重に視線を向ける。

ひまりは目を閉じていた。

眠ってしまったわけではないのは、からんだ指に宿る力でわかった。繋いだ手を解《ほど》き、覆いかぶさるように華奢な肩を抱く。瞳は閉ざされたままだった。

女将のように唇を突き出したり、誘うようにあごをあげたりすることはない。けれど、近づく距離に対して微塵の抵抗も感じなかった。これがそのときでないのなら、ほかにどんなタイミングがあるだろう。

僕も目をつむる。うるさいほどに打つ鼓動を隠し、顔を寄せた。

唇が触れたのは、唇ではなく、すこし硬いものだった。

顔を離し、目をひらく。ひまりはひとさし指を交差してバツ印をつくっていた。

「わたしたち、ここまでにしよう」

彼女のことが一気にわからなくなった。

まっすぐに続いていたはずの海沿いの道が、まばたきをした次の瞬間にはカーブになったみたいだった。拒絶するひまりの瞳に僕が映っている。あきらかに恋をしているように見えた。僕も、僕を映すひまり自身も。

◇

翌日。十回目の八月三十日は、タロットでいうとハングドマン、吊るされた男の日だった。

起きたばかりの自室で僕は、スマートフォンに表示された十二番目のタロットカードを呆然と眺めていた。T字の木に逆さにぶらさがる無様な男性の絵が描かれている。まるで自分だ。

カーテンをひらき、入道雲の横の数字を見つめながら、昨夜の出来事を反芻する。

「彼氏に悪いから、きみとはここまで」

誰もいなくなった花火会場でひまりは言った。

可能性を考えていないわけではなかった。先に確かめるべきだったと言われればそのとおりだろう。だけど僕に対する気安い態度から、なんとなく恋人がいないと思いこんでいた。思いたかった、だけかもしれない。

動揺しつつ、僕はしたくもない質問をした。

「どんな人なんですか」

「優しくて男前で、なーみたいに細かくツッコミを入れてくれる人で、わたしのことを百パーセント肯定してくれて……」

「もういいです」

聴きたくない。そんな話、聴きたくない。

「なー」

勢いよく席を立った背中に声がかかった。

「ごめんね。ほんとにごめんね」

謝られるほどに、自分がみじめになっていった。

宿への帰り道は何事もなかったかのように並んで歩いた。手を繋ぐことはないが、他人行儀でもなく、親密すぎず、沈黙に支配されることもなかった。

これ以上は進めない。わかっているのに、他愛のないおしゃべりが楽しくて。肩にかすかな重さが残っている気がして幸せで。心の底に冷たいものを感じながら、けっして嘘ではない笑顔を浮かべて海沿いの道をもどった。

息が詰まる気がして窓をあける。吹きこんだ風が机の上のプリント類を散らした。筋雲は今日もひとつ数を減らし、「12」の形を描いていた。

いつものとおりに伯父の依頼を受け、港へ。

「島全体がパワースポットって感じ」

「海も空も綺麗。モノクロ原稿ならベタで真っ黒に塗りたいねぇ」

「夜は綺麗な花火があがるんだよ」

ひまりはそう言いながら船を降りてきた。僕に聴かせるように声を張っているのは彼女の優しさだ。きっと伝えたいのだろう。花火自体は楽しかったのだ、と。

ぺたんこの猫っ毛を飾る髪留めは、季節外れの紅葉《もみじ》だった。

「はじめまして、ゐりゑ屋の入江渚沙です」

「はじめまして」

なー、とは呼ばれなかった。友人たちにタロットループの説明をすることもない。

僕らは観光客と旅館のスタッフにもどった。

天海さんがいつもと違うことを口にすることも、伯母がエレベーターホールのソファに僕を座らせることもなかった。

三人と荷物を鶴の間に届け終え、自室に帰った。予備校のオンデマンド授業を受講し、自習する。タロットループを終えるより先に日常がもどってきたようだった。

これでいい。今までどおり〝毎日〟勉強して残りの十三日を過ごし、何事もなかったかのようにループを抜けるのだ。

午後は気分転換を兼ねて本館二階のプレイルームの清掃をした。卓球ラケットのラバーが剝がれていないか確認していると、漢方薬の箱を持った伯母に声をかけられた。

ループ三日目と同じだ。すっかり忘れていたが、この時間にここにいれば女将に用事を頼まれるのだった。

薬を受け取り、鶴の間を目指そうとすると、

「待ちなさい」

背中に厳しい声がかかった。

「どの子が好み？」

「え？　あぁ、そうでしたね」

「ナギちゃんは、三人のうちの誰が好みかと訊いているの」

「ひまりです」

答えたとたん、視界がにじんだ。

「僕は……藤壺ひまりが好きだったんです」

とまどう気配に構わず、僕は涙を流した。関係ない。どうせ明日になれば伯母の記憶もリセットされるのだ。今日の僕を憶えているのは、この世界でひまりだけなのだから。

水の中みたいな廊下を泳ぎ、僕は階段をのぼった。


手洗いに寄り、泣き腫らした顔を洗った——はずだったのだが。

「きみ、何かあった？」

鶴の間を訪れると開口一番、天海さんに心配されてしまった。相変わらず察しがいいし率直な人だ。

「どうして天海さ……様がお部屋に？」

「どういう意味？」

「観光したい場所とかないんですか？」

不審がられないよう言葉を選ぶ。

「ほんとはひとりでも郷土資料館に行きたかったんだけどね。はまべーも体調崩してるし、一緒にいてってひまりにお願いされたから」

部屋にひまりがいるのか。どうしよう、呼び出してもらおうか、いや未練がましいことはやめにしようかと葛藤していると、天海さんは続けた。

「一緒にいてって言うわりにはひとりで庭に行っちゃったんだけど。フリーダムすぎるんだよな」

いかにもひまりらしい。泣いたばかりなのに頬が緩みそうになる。気が緩んだついでに、思いきって僕はたずねた。

「ひまりの、いえ藤壺様の彼氏って大学の方ですか？」

もうとどめを刺してもらいたいような気持ちもあった。

「彼氏？　何それ？」

「優しくて男前でツッコミ上手で全肯定してくれる人って……」

「天海ちゃんみたいな人だね」

ふすまを開け、咳きこみながら浜辺さんが出てきた。上気した、見るからに熱がありそうな顔だ。僕は薬を渡し、お大事にと声をかける。

「なんでいつも私とひまりをくっつけようとするんだよ」

「ふたりがGLっぽい」

くしゃみ。

「からだよぉ」

「GLとは？」

「ガールズラブ」

「オタク用語わからん」

捗《はかど》るわぁ、と何やら妄想をはじめた病人を放置して、天海さんは言った。

「誰から聞いたのか知らないけど、ひまりに彼氏はいないよ。断言できる。そんなやつがいるなら私が気づかないはずない」

「でも、天海様も楽器のことは知らなかったし……」

恋人のことだって親友に隠しているかもしれないではないか。

「楽器？」

「あ、いえ」

おなじみの断絶の感覚をおぼえながら、僕は言葉を濁した。ひまりがバイオリンとピアノを弾いたのは〝先週〟だ。今日の天海さんは、彼女がプロ並みの演奏家であることを知らない。

浜辺さんが咳とともに言った。

「入江くん、あたしのことも呼んでみて」

「どうしました浜辺様？」

意味がわからないまま名前を呼ぶ。

「様づけ！　捗る！」

「何が？　はまべーほんと大丈夫？」

「年下の執事だぁ」

葛根湯の箱をつぶして拳を握る浜辺さんと、本気で病人を心配する天海さんを残し、僕は鶴の間をあとにした。

気になって、廊下の大窓から庭園をのぞきこむ。

休憩所にひまりの姿があった。

吹き抜ける風に栗色の髪を遊ばせ、ベンチに座っている。いつかのようにスマートフォンに目を落としていた。ウェブサイトか電子書籍でも読んでいるのだろう。

もしかして、僕を待っている。

ふいにおぼえた希望的観測を打ち消す。自意識過剰だ。逢いに行きたい衝動を抑え、僕は自室にもどった。

勉強は手につかなかった。参考書の上を滑っていく視線を窓の外へ向ける。やはり庭へ行こうかと考え、かぶりを振る。

無駄なことはしなくていい。いつだって、するかしないか迷ったらしないほうを選ぶ。それが僕だった。ひまりと過ごした一週間のほうが異常なのだ。これでいい。これで──。

「……全然よくねぇよ」

僕は立ちあがった。本当に、彼女のことになると自分が自分でなくなる。

フロント奥の事務所でイッヌを借り、庭園に出る。

ひまりがいることなど知らないような顔をして走る。犬の散歩の途中でたまたま逢ってしまったという体でいよう。あの日と、僕らがはじめて昼も夜も一緒に過ごした太陽の日と同じように。

池の奥、燈籠が並ぶ砂利道の先の休憩所に――。

ひまりはいなかった。

イッヌとふたり、休憩所のベンチに腰をおろす。空が翳《かげ》りはじめた。またたく間に暗雲がたちこめ、「12」の形の筋雲をのみこんでいく。やがていつもの雨が降りだした。

屋根が意味をなさないほどに風は強い。横なぐりの暴雨から守るように、イッヌを抱く。

水没したみたいな庭園。水の侵入を防げない休憩所はまるで漂流した船だった。息が苦しくて、すがるようにイッヌの毛並みに顔をうずめる。ひまりの髪の色をした愛玩犬は、桃色の舌で僕の唇をペロリと舐《な》めた。

夜、自室から懐中電灯で庭園を照らしてみた。

追いかけてくる光はなかった。

こうして僕は吊るされた男の日を終えた――かと思ったのだが。

真夜中に響き続ける振動音で、眠りの底から浮上した。

枕もとの時計をたしかめる。二十三時五十九分。世界がリセットされる直前だ。振動音の正体は、机に置きっぱなしのスマートフォンだった。ディスプレイは番号を表示していた。

記憶に刻みこんでいる、一生忘れることはないであろう数字の羅列。

藤壺ひまりの電話番号だった。

いつから鳴っていたのだろう。もっと早く目覚めていれば、いや、そもそも早くに床に就かなければよかったと後悔しながら手を伸ばす。

「ひまり？」

『なー、やっぱり逢いたい』

体じゅうに酸素が満たされた気がした。僕もです。そう言おうと口をひらきかけた刹那。予告もなく世界は消えた。次の瞬間、同じ部屋、同じベッドで僕は体を起こした。カーテンの外は明るい。〝翌日〟がはじまっていた。

ループ十一日目。ジャスティス、正義の日。プリント類が散らばらないよう束ねてから窓を開ける。雲が描く「11」を眺めながら、甘いうずきが胸に広がっていくのを感じた。幸せを感じすぎたときにも胸は痛むのだと知る。彼女のたったひとことにこれほど心を揺さぶられてしまうのが悔しい。

僕はひまりに電話を折り返すかわりに、ネット検索をはじめた。

朝食を一瞬でたいらげ、伯父と逢わずにゐりゑ屋の敷地を出る。坂を下り、商店街へ。雑貨屋。文具屋。手芸店。めぼしい店をまわり、材料を仕入れる。

帰り道、台車を押して港を目指す仲居さんとすれ違った。仕事押しつけちゃってすみません、と心の中で詫び、ふたたび自室へ。サイトや動画で調べながら、はじめての作業にいそしんだ。

結局、午前いっぱいかかってしまった。

鶴の間を訪れると、今日は浜辺さんひとりだった。天海さんは郷土資料館、ひまりは館内をぶらついているらしい。僕からの連絡を待っているのであればいいなと思う。

「藤壺様に渡してください」

女将から託された漢方薬とともに、みずからラッピングした紙袋を渡した。浜辺さんはくしゃみとともに快諾してくれた。

「了解だよぉ。誰からって言えばいい？」

僕は名乗り忘れていたことに気づく。

「失礼しました。スタッフの入江渚沙です」

「綺麗な名前。主人公かサブキャラに――」

浜辺さんは言葉を切り、盛大に咳きこんだ。

「……ごめんね。使っていい？」

「どうぞ。漫画留年、がんばってくださいね」

「ええっ、なんで知ってるのぉ！」

驚きつつ咳がとまらない漫画家の卵を残し、僕はプレイルームへ下りた。自販機でスポーツドリンクとはちみつ紅茶を買い、もどってくる。

「当館からのサービスです」

前と同じことをやってるな、と思いつつ手渡す。相手だけじゃない。条件が整えば記憶が蓄積されている自分だって似たようなことをするのだ。

「藤壺様には、いつもの場所にいますと伝えてください」

「いつもの場所って？」

「それだけで伝わるはずです」

僕は鶴の間をあとにした。

直接連絡を取って落ちあえばいい話だが、そうしなかったのは自分で自分を焦《じ》らすような気持ちだった。ひまりと逢える瞬間をすこしでも先延ばしにすることで喜びが大きくなる気がした。いつもの僕ならそんな遠まわりはしない。自分らしくないことをしている。ひまりと出逢ってから何度そう感じたことだろう。

庭園へ行き、休憩所でひまりを待つ。

十分と経《た》たないうちに、ひとりと一匹があらわれた。ひまりは左手に僕からの贈り物を抱え、右手で犬のリードを引いていた。イッヌは行儀よく足もとに寄り添っている。

「借りて来ちゃった」

「レンタル犬のサービスはやってないはずですけど？」

伯母が許可したのだろう。

「女将さんの対応細やかだよね。今度、腹踊りしてって頼んでみようかな」

「タチの悪い客ですか」

「あはは」

拳を口もとに寄せ笑う。左耳の上で、ヒトデの飾りをあしらった髪留めが光った。僕が先ほど作ったばかりのものだ。

「さっそくつけてくれてますね。イッヌにも」

看板犬のおでこではタツノオトシゴが泳いでいる。

ひまりは隣に腰かけ、紙袋を傾けた。ベンチに無数のヘアアクセサリがこぼれ出る。バレッタ、クリップ、ヘアピン、マグネット。素人仕事ではあるが、歩揺《ほよう》と呼ぶのがふさわしいような手のこんだものも作った。離島の手芸店では材料の在庫が少なく、種類も大きさもばらばらになってしまったが。

「全部でいくつ作ったの？」

「百個です」

ひまりは金目鯛《きんめだい》の飾りのついたパッチン留めをつまみ、持ち上げた。グルーガンの樹脂がはみ出している部分を見つけ、今からでもヤスリをかけたくなる。

「明日には消えちゃうんだよ」

「そうですね」

「意味ないじゃん。なーの嫌いな無駄な作業そのもの」

「なら五分ごとにつけ替えたらどうです？」

「作画が大変でしょ」

ひまりは浜辺さんが言いそうなことをつぶやき、ひとつひとつ、髪飾りをつまんでは見つめた。まるで検品されているようで僕は固唾をのんだ。彼女の無表情が緊張に拍車をかける。

「僕たちって漫画だったんですね」

沈黙に耐えかねてツッコミを入れつつ、自問する。プレゼントのチョイスとして微妙だったか。身につけるものよりお菓子とか、食べたらなくなるものを作ったほうがよかったか。いやそもそも自作という発想からして間違っていたんだ……。

ひまりは、にまぁと擬音が聴こえそうなほど頬を緩ませて言った。

「全部かわいい」

そのひとことで報われた。

ひまりがイッヌを膝に載せようとした。僕はスラックスのポケットからハンドタオルを出し、肉球を拭いてから膝に置いてやる。

「なーはそういうとこあるよね」

「そういう？」

「さらっと肉球を拭くようなとこ」

「そのまますぎて意味がわかりません」

「さみしかったよ」

「え？」

「昨日なーと過ごせなかったことも、今朝迎えに来てくれなかったことも。朝、港にきみがいなくて、嫌われたのかと思った」

「そんなわけないです」

僕は慌てて否定した。だって大好きなんだから、とまではさすがに言えない。

「不安にさせといてサプライズでプレゼント。手口がエグいよ」

「手口？」

「……これも天然なのね。末恐ろしすぎて、お姉さんびっくりだわ」

彼女は照れくさそうにヒトデに指を添えた。

「プレゼントありがとね。お姉さん嬉しい」

なんだか僕も気恥ずかしい。

「なんで今日はお姉さんキャラ押してくるんですか」

「えへへ」

午後の庭園を風が抜ける。肌を撫でる空気はくすぐったかった。

散らかった髪留めを袋にもどすのを手伝ったあと、僕は一番訊きたかったことを切りだした。

「もしかして、なんですけど。彼氏いるのって嘘ですか？」

「……バレたか」

ひまりは嬉しそうな、なのにすぐにでも泣き出しそうな、今まで見たことのない表情を浮かべていた。ふいにフジツボの瞳がよみがえってきそうな気がして、あえて軽口を叩く。

「ひまりは馬鹿です」

「いきなりなんだ、体育館裏来い」

僕は噴き出した。言葉も声もいつもの彼女で安心する。

「いつだって、すぐにバレる嘘をつくから」

「ごめんね」

「いいんです。いっぱい変なこと言って、いつだって僕を翻弄してください。何回だってツッコミを入れてあげるし、嘘なら何度だって見抜くから」

僕は地面に落ちていたリンゴの飾りの髪留めを拾い、ひまりの掌に置いた。

「……だめなのに」

ひまりの声はかすかにふるえていた。

「好きになっちゃだめなのに」

「夢の世界にだめなことなんてないです」

「だめなんだよ！」

抑揚のない声が荒くなった。リンゴの髪留めがふたたび地面に落ちた。僕はそれを拾い、袋にもどした。

「もしかしてなんですけど、何か隠してませんか？　彼氏とかじゃなくて、もっと大きなこと」

「どうかな」

「ひまりは大きな嘘を隠すために適当なことを言い続けている。そんな気がするんです。でもそれが何かわからなくて辛い」

「なーが辛くなる必要ないよ」

「大切な人が苦しんでいるのに？」

「……そういうとこもずるい」

ひまりは上体を伏せ、イッヌの毛並みに顔をうずめた。犬好きはどうしてみなこれをやるのだろう。ほどなく上げた顔には、決意の色が宿っていた。

「物心つかないうちに両親が離婚。十二歳でお母さんが失踪。お母さんは北陸で新しい家族を作っていた。知らない場所で知らない人と微笑むお母さんの顔は、とても幸せそうだった」

「ちょ、待って」

ひまりの口からこぼれたのは、まるで予想もしない言葉だった。

予想はしていなかったが、すべて知っていることだ。僕自身の来歴。彼女にはまだ喋っていない。隠していたわけではない。いつか話そうとは考えていた。完全に乗り越えたとはいえない過去を好きな人に明かすのに躊躇していただけだ。

「気持ち悪いって思ったでしょ」

「そんなこと」

「思ったよ。顔に書いてある」

「驚いただけです。オーナーか女将に聞いたんですか？」

「きみに聞いたの」

「話してません」

「なーが憶えているかぎりではね。でも、きみは話したの」

「意味が……」

瞬間、僕は天啓を得たようにループ三日目を想い起こした。

――今日はサン、太陽の日。

あのとき、ひまりはそう言った。でもあの日、空に浮かんでいた数字は「18」だ。十八番のカードは月。太陽は十九だ。どうしてひまりは一日間違えた。

「……僕とひまりのループは、ズレている？」

まさか残り日数が違うのか。

ひまりは空を仰ぎ、入道雲の横を指さした。

「数字、いくつに見える？」

「十一です」

十一日目、雲の数字も「11」。今日はタロットループの折り返し地点となるジャスティス、正義の日だ。

「わたしにはね」

ひまりは僕の手を取った。空に向けていたひとさし指が僕の掌に下りてきて、曲線を描く。

「はち？」

「を横にしたやつ」

「……もしかして、無限」

「そ。十一日後にループを抜けるのは——」

イッヌをベンチに置き、ひまりは立ちあがった。くるりとターンし、こちらを見下ろす。まばゆい夏空。蟬しぐれ。うだるような熱気。逆光を背負った彼女の瞳は大きく、黒々としていた。

「きみだけなの」

第三章　向かう明日が違っても

ひまりが澪島を訪れたのは、およそ〝七千二百年前〟だという。

前日、八月二十九日に友人ふたりと浜松町《はままつちょう》で待ちあわせた。ちょっとだけ贅沢なディナーをしたのち、竹芝客船ターミナルから夜行便に乗った。

真夜中なのに大好きな友達と一緒にいられること。遠ざかっていく東京湾の夜景。夜に弱く眠そうな天海さんと、むしろ覚醒していく浜辺さん。暗い海を駆ける大型客船。

現地に着く前から何もかもが楽しくて、わくわくして、この旅を企画してよかったと心から思った。

翌日、午前九時に澪島に着いた。

宿から迎えに来てくれた男の子——僕に荷物を預け、ゐりゑ屋へ。フロアを走りまわる看板犬のシーズーにびっくりしながらチェックインをした。

部屋でひと息ついたとたん、浜辺さんが体調不良を訴えた。

「あたしのことは気にしないでいいよぉ」

ふたりで遊んできてという友人に申し訳なく思いつつ、せっかくだからと天海さんと郷土資料館に足をはこんだ。

資料館には「願いをかなえるコーガ石」が展示されていた。江戸時代に発見されたと伝わる流紋岩《りゅうもんがん》の塊。人の頭ほどの大きさで、子供のらくがきのようなモアイ像の形をしている。天海さんが何を措《お》いても見たかったものがこれだ。

「ふれてみてください、だって」

「さわりながら願いごとをするんだよ。言っとくけど、心からの願いじゃないとかなわないからね」

「心から、ねぇ」

そばにあったアルコールで手を消毒し、ひまりは穴だらけの灰色の岩を撫でた。

就職は決まっている。卒業に必要な単位も取れそうだ。恋人はいないけれど、気の置けない友人と過ごす日々が何よりも楽しい。自分は満たされていると思った。欲を出せばきりはないが、これといって望むものなど今はない。

ひまりは茶目っ気を出して、かなうはずのない願いごとをした。

この素敵な一日が――。

いつまでも続きますように。

資料館を出て海沿いを歩く。目的地は漁師めしが豪華だと評判のカフェだ。

「天海ちゃんは何をお願いしたの？」

「はまべーの風邪が明日には良くなりますようにって」

「う、負けた気がする。人として」

「ひまりは？」

「内緒」

「どうせくだらないことでしょ」

「なんでわかったの！」

頭上には真っ青な夏空。右手にはリアス式海岸と透明度の高い海。肌を撫でる離島の風はからっとしていて心地いい。満たされている。心からそう思う。

「天海ちゃんこそ、そんなアドリブみたいなお願いでよかったの？　あの石のために来たんでしょ」

「願いごとをしに来たんじゃなくて宇宙に感謝しに来たの。石の波動を感じたかったんだよ」

「出た。スピ系」

「略すな」

やわらかく降ってくる親友の平手をよけ、空を仰ぐ。先ほどはなかった雲を見つけ、ひまりはひとさし指を持ち上げた。

「輪っかがふたつ並んでるね」

「どこ？」

「ほら、入道雲の横」

「どれだろ」

「けっこうおっきいじゃん。眼鏡みたいな」

「うーん」

「……なんでわかんないの？」

次の日、ひまりは大型客船の客室で目覚めた。二段ベッドの下側、窓ガラスを透いて、水平線にのぼる朝陽がまぶしい。

終わらない八月三十日のはじまりだった。


「……それから雲の形はずっと『∞』のまま。何日経ったかちゃんと数えてるよ。換算すればだいたい七千二百年」

僕らは本館二階、ライブラリースペースのソファに座っていた。

壁一面の本棚に漫画や小説が並ぶ。リクライニングチェアやハンモックでくつろぎながら読書ができる部屋だ。無料で使えるコーヒーサーバーも備えている。

ほかの客はいない。イッヌは事務所に置いてきた。窓の外はいつもの雨が降っている。

「ループする一日に閉じこめられて、止まっちゃったみたいな世界で、わたしは永遠に孤独なんだと思ってた」

正直、話に想像力が追いつかなかった。何もかもが同じ一日を繰り返すのは、それなりにしんどい。周囲との断絶。成果を積み上げられない空《むな》しさ。わずか十一日、ひまりに支えられていた僕でさえ、うんざりする瞬間がたくさんあった。

それを七千二百年、しかもたった独りでなんて。

「そこにあらわれたのが……」

「僕ってことですか」

「違う。天海ちゃん」

「へ？」

「天海ちゃんがループに入ってきたのは、五千年前……」


ある朝、天海さんは〝前日〟と違うことを言った。

「ねぇ、デッキに来られる？」

二段ベッドの上段では大きないびきが響いている。浜辺さんのほうはいつもどおりだ。

朝が強い天海さんは〝毎日〟ひまりより先に起きているという。興奮気味に声を荒らげる親友に押され、ひまりはメイクもしないまま早朝の甲板に出た。

ごらんよ、と天海さんは空を示した。

「雲の形が『21』になってるでしょ」

「にじゅういち？」

ひまりは目をみひらいて「∞」の形の雲を眺めた。天海さんにはこれが二十一に見えているらしい。

「エンジェルナンバーっていってね。こんなふうに訴えかけてくる数字は天使からのメッセージだったりするんだよ。二十一といえば大アルカナの『世界』だから、きっとこの旅で私たちは……ひまり？」

目の奥に熱いものがこみあげた。約二千年の間、機械のように同じことを繰り返していた親友の口が、はじめて聴く言葉ばかりを紡いでいる。動いてくれた。生き返ってくれた。今、自分は独りじゃない。

「なんで泣いてるんだよ？」

ひまりは涙を隠すように天海さんの胸に顔をうずめた。

親友の記憶は〝翌日〟に保たれた。天海さんが告げる空の数字は、僕と同じように、毎日ひとつずつ数を減らしていったという。

「……タロットループって名づけたのは天海ちゃんなの」

「ループが二度目って言ったのは、ひまりがじゃなくて……」

「そ。わたしはずっと同じ日にいる。誰かが入ってきたのが、なーで二回目ってこと」

「天海さんは〝抜けた〟んですか？」

答えるかわりに、ひまりは早口になった。続きを話すのをためらうように。あるいは見えない傷口を必死で隠すかのように。

「もちろんさー、気づいていないだけで、常にどこかで誰かがループの中にいたのかもしれないよ。世界は広いからね。人じゃなくて動物とか虫とか魚とか、あるいは生物じゃないもの、石とかボールなんかも意味もなくループに巻きこまれてたかも……」

「天海さんはループを抜けたんですか？」

もう一度僕はたずねた。

ひまりは綺麗な瞳に涙をため、こくりとうなずいた。

「愚者の日のことは、今でも鮮明に憶えてる……」

鐘の音が聴こえる。

天海さんは朝からそう訴えていたという。

最終日。雲の数字はひまりには「∞」に見え、天海さんには「0」に見えていた。もっとも、このときはふたりとも、それが最後の日だとは思っていなかった。

船内のレストランで朝食を終え、近づいてくる澪島と標島を眺めながらデッキで食休みをしていたときのこと。

「頭が、なんか変なんだ」

天海さんが両手で顔を覆った。

「どうしたの？」

「ねぇ、私たち、いつから今日を繰り返してるんだっけ」

「天海ちゃんは二十二日前からでしょ」

「私は、って……ひまりは？」

「何度も話したよね。わたしは二千二百三十三年目だって。天海ちゃん、大丈夫？」

そこではじめて、ひまりは深刻な事態が進行していることに気づいた。順を追って話すうちに天海さんが最初の〝一週間〟、悪魔の日までの記憶を失っているとわかった。

「シーグラスを拾った日のことは憶えてるんだよね」

「うん。消えちゃうのがもったいなくて。また捜しに行こうって…ううっ」

突然、天海さんが頭を抱えた。

「また鐘が鳴ってる」

時刻はちょうど午前八時だった。確信めいたものがあり、ひまりはおそるおそるたずねた。

「シーグラスを拾った日のこと憶えてる？」

「中一んときの？」

天海さんは八日目、節制の日の記憶も失っていた。

鐘は一時間ごとに聴こえているらしかった。そのたびに親友は〝一日〟ぶんの記憶を失《な》くしていった。二十二時には、当日の愚者の日のこともわからなくなったという。

「……前日のディナーや船に乗ったときのことは憶えてるのにね。わたしと過ごしたループの記憶はすっかり消えちゃった」

ひまりは指先で目尻をぬぐった。

「〝次の日〟、天海ちゃんはタロットループのことをいっさい憶えていなかった。空に数字も見えないって。天海ちゃんはもどっちゃったの。繰り返す世界の、ただの背景に」

細い指がワンピースの裾を握る。

僕は返す言葉も見つからないまま、黒々と濡《ぬ》れた瞳を眺めていた。雨が窓を叩く。ときおり雷鳴がうなる。ひまりは隣に僕がいることも忘れたかのように抑揚のない声を紡ぎ続けた。

「こうして天海ちゃんとの日々は終わった。砂漠のオアシスみたいな二十二日間。それからわたしの喉は前にも増して渇いたよ。はまべちはお寝坊だから、毎日、はじめに顔を合わせるのが天海ちゃんなの。毎日毎日、ループを過ごしたことなんてすっかり忘れちゃった親友がおはようって言ってくる。その挨拶がわたしを追いつめる。わたしのせい。くだらない願いごとなんでしょ。わたしのせいだ。わたしがコーガ石に願ったせいでこうなった」

窓の外が白く光った。

「天海ちゃんもはまべちも、毎日わたしたちを迎えに来てくれる年下くんも、同じことの繰り返し。風向きも雨も夕食のメニューも、花火の音のタイミングも同じ」

雷光がぞっとするほど美しい横顔を照らす。眼窩《がんか》に、虚を穿たれたような陰翳《いんえい》が浮かんでは消えた。

「わたしは心が死んでいくのがわかった。もうやめよう、ってある日思ったんだ。こんな、自動プログラムみたいな世界に反応するのはやめようって。それからずっと、真夏のリゾート地で、心だけ引きこもって過ごしてるの」

ひまりは立ちあがり、本棚の前へおもむくと両腕を広げた。

「ここの本も全部読んだよ」

指揮棒を振るように指さしをはじめる。

「オススメはね、これと、これと、あと、これ！　連載中の漫画なんだけど、めっちゃいいとこで終わってるの、続きが読めないのが辛すぎる！」

大げさに髪を振り乱し嘆いてみせる。僕が黙ったままでいると、ノリ悪いなぁ、とため息をついた。

「もうわかったでしょ。愚者の日の天海ちゃんは、きみのたどる未来だよ。鐘の音を聴きながら、すこしずつ二十二日間の記憶を失っていくの」

華奢な背中が、耳をふさぎたいような言葉を続けた。

「わたしたちがどれほど仲を深めても無意味。無駄どころか、残されるわたしが抱える傷を深くするだけ。さっき、なーが辛くなる必要ないって言ったのは、ほんとに文字どおりの意味なの。だって、なーはぜんぶ忘れちゃうんだから」

視界がにじんだ。

「ね？　わたしたち、前に進む意味ないでしょ」

情けない。そう思いながらも、あふれる涙がとまらない。僕は大好きな人の背中に言った。

「いやです」

「いやでもどうしようもないんだよ」

「でもいやです」

「仕方ない子だなぁ」

ひまりはくるりとひるがえり、ソファにもどってきた。隣に腰をおろし、小さな頭を僕の肩にあずけた。花火のときと同じように。幸せなその重さが、さらに僕の頰を濡らしていく。

「もう言っちゃうよ。なーのことは好き。ふたりで未来へ行けるなら、きっとつきあってた。だけど、わたしには今日しかない」

両想いだと、同じ気持ちだとわかったのに。望んでいた答えがやっと聞けたというのに、胸がこれほど痛いのはなぜだろう。

ひまり、と僕は愛しい相手の名を呼んだ。

「毎日、波止場で言ってください。何度だって僕を好きって。誓います、そのたび僕は必ずあなたを好きになる」

「それをわたしに強いるの？」

想像して、心臓がとまりそうになった。

何も知らない僕は、初対面の年上女性に不審げなまなざしを向けるかもしれない。それでもきっと彼女を好きになる自信はある。だけど翌日、僕はそれを忘れてまた、好意を寄せてくれる相手に対し首を傾げるのだ。

きっと言うかもしれない。

どうしてそんなに熱心なんですか、と。

積み重ねられる時間の長さが違いすぎる。横たわるのはどこまでも深い断絶だ。お前は毎日自分の傷をえぐれ。僕はひまりにそう命令しているのだ。

「どうすれば――」

僕はひまりの手を握った。

「そうだ、探しましょう。ふたりでループを抜ける方法を」

「前向きでよろしい。でもそんな方法ないの」

「そんなの探してみないと……そうだ、もう一度コーガ石に願いを」

「試してないと思う？」

肩に載っていた頭が離れ、昏《くら》い瞳がこちらを見つめた。

「……思いません」

七千年以上も〝今日〟に閉じこめられているのだ。僕がとっさにひらめいたアイディアなど検討していないと考えるほうがどうかしている。

「最初の十五年くらいかな。ほぼ毎日、天海ちゃんと郷土資料館に行った。願ったし、調べたし、壊したし、いろんなところへ石を運んだ。何回も何回も何回も何回も。ちゃんと数えてたよ。五千回ちょうどであきらめた」

「五千……」

「なー、記憶って何だと思う？」

「なんでしょう。過去でありながら、ときには生きる目的となりえるもの」

「哲学じゃなくて自然科学的に答えてみて」

「えっと、脳のシナプスが、いやシナプシスでしたっけ」

ひまりは僕の答えを待たずに続けた。

「脳にはだいたい千億個のニューロンがある。ニューロン、つまり神経細胞ね。神経細胞同士は樹状突起や軸索っていうヒゲみたいなものを介して電気信号をやりとりしてる。

ものを考えたり憶えたりすると、この複雑なネットワークが形を変えるの」

「ひまりって理系でしたっけ？」

「七千年前にどの学部にいたかなんてもう関係なくない？」

「たしかに」

結局、どこまでも想像が追いつかないのだ。

僕の、いや僕でなくとも、せいぜい百年しか生きられない人間のものさしでは足りない時間を彼女は生きた。

「細胞のネットワーク、つまりタンパク質の複雑な配置こそが記憶だってこと。細かいことはいいよ。物理的な現象だよね、って言いたいだけ」

かろうじて話についてきている僕を確認すると、ひまりは平板なトーンで続けた。

「そのタンパク質の状態が、時間をさかのぼって二十四時間前の自分の頭のなかに再配置される。これがそもそもおかしいでしょ。わたしもなーも動いてるし、地球だって公転してるんだよ。脳は毎秒違う座標にいるのになんで追っかけてそこだけ取り出せるの。どこかの量子ともつれてるの？　というかエネルギーの保存則はどうなるのよ。二十四時ぴったり、っていうのも恣意的すぎるでしょ。どうして日本の子午線に準じてるの。わたしじゃなくて世界のほうがループしてるって考えてもいいけど、そうなるともっと矛盾だらけに……」

「ごめん、理解が……」

ひまりは我に返った様子で首を振った。

「わたしなりに探したってこと。最初の千年はループを抜ける方法の探求に費やした。知識をつけ、仮説を立て、プリンストン大学やスタンフォード大学の先生方に相談したこともあった」

「先生方？」

「物理学のすごい人たち」

「なんでそんな人と知り合いなんですか？」

「知り合いじゃないよ。〝今日〟知り合って議論を交わしただけ。千年もあれば、物理学の権威に相手にしてもらえるくらいの人間にはなれる」

三角関数を扱うことにさえ苦心する僕は呆気《あっけ》にとられるしかない。

「いろんな仮説を立ててくださった方もいた。でも結局、胡蝶の夢だと説明するのが一番筋が通る。あるいは、ドグラ・マグラみたいに入れ子構造の夢を見てるとか」

「ドグラ・マグラ？」

夢野《ゆめの》久作《きゆうさく》の小説だったか。

「そ。フィクションのなかに答えがあるかも。そう思って時間旅行を描いた物語を調べ尽くした時期もあったよ。小説、映画、漫画、演劇。ネットにしかないものも、翻訳されてないものも全部」

　普通なら一生かかっても無理な量だろう。

「オカルト的なアプローチもしてみた。古文書も調べたし、各地の伝承もあさった。民俗学や文化人類学の先生に相談したこともあるし、本土から人を呼んだこともある」

「人って？」

「お坊さん、神主さん、祈禱師《きとうし》、霊媒師、ヒーラー、サイキック、自称未来人」

「どんどん胡散《うさん》くさく……変なことされませんでしたか」

「なーが心配してくれてる」

　ひまりは拳を口もとに添え、くすりと笑った。

「もちろん、自分がおかしくなった可能性も疑った。脳のＭＲＩも撮ったし精神科医をたずねてまわった十年間もある」

「すごいバイタリティですね」

「何もせずにあきらめたわけじゃないの伝わった？」

「じゅうぶんに」

　ひまりはいつも僕の想像の斜め上を行く。

　こんな人、どこを探したっていない。

　未来への可能性を潰されれば潰されるほど、ひまりを愛おしく想う気持ちが大きくなっていった。僕が一生かけてもたどり着けないであろう場所に彼女は到達している。

今見えている一面も、彼女を織りなす糸のほんの数本でしかないのだろう。

「キャラが読めないわけだ」

「なになに？」

「なんでもないです。僕はとんでもない人に恋をしたんだな、ってあらためて」

「七千二百歳だからね。屋久杉と同い年のおばあちゃん。若く見えるでしょ？」

ひまりはいつもの、花が咲いたような笑顔になった。

「ずっと島に閉じこもってたわけではないんですね」

「当然」

大型客船もジェット船も動いている。東京へ引き返すことはできるのだ。その気になれば海外だって行ける。ただし一日の終わりに伊豆諸島にもどされてしまうが。

「まぁ、最近はずっと澪島にこもってたけど」

彼女のいう〝最近〟はおそらく千年単位だろう。

ひまりはあらたまった様子で僕の手を握った。

「わかったでしょ。わたしはこの先も永遠に八月三十日を出られない。だからね、なー。これ以上わたしの大事な人にならないで。今だって、十一日後の愚者の日を想像するだけで心が握りつぶされそうなくらい苦しいの」

僕がひまりを愛しく想うことが、彼女を苦しめている。

それでも、いや、だからこそ。ひまりがたった独りで世界に放り出されていたと知ったからこそ、強く抱きしめてあげたい気持ちが募った。大丈夫、僕がいる。そう言ってあげたいのに、言えば言葉は嘘になる。僕は、いずれ、いなくなるのだから。

「なーがわたしのことを想ってくれるなら、このままの関係でいよう。なーにとってそれが辛いなら、明日から他人同士でもいい」

「そんなの……」

「今朝みたいに、迎えに来てくれなくてもいいから」

いやです。言いかけて口をつぐむ。駄々をこねたところでどうしようもないのはわかっていた。濡れた窓ガラス。体を沈ませるソファ。潜水艇のようなライブラリールームで手を握りあう。この繋がりは、どんな未来ももたらさない。

息が苦しい。そう思ったとたん、どこかで、僕らではない誰かが苦しそうに咳きこんだ。

ひまりは、はっとした声をあげた。

「ひさしぶりすぎて忘れてた」

僕の手を放し、壁の時計を確認する。午後四時半。じきに雨がやむ時間だ。

「どうしました？」

「もしかして、そこにいる？」

ひまりは部屋の外に向かって声をかけた。

答えのかわりに、小さなくしゃみが返ってきた。

開け放したままの扉の陰から、館内着の作務衣をまとった女性があらわれた。冷却シートをおでこに貼り、気まずそうにたたずんでいるのは浜辺さんだった。

◇

姿をあらわしたとたん、浜辺さんは盛大に咳きこんだ。

ほつれたお団子ヘア。額の冷却シート。曇った眼鏡とマスク。まともに見えている顔のパーツは眉だけだ。

「はまべち……の偽者？」

「いや亡霊ですって」

どこか救われた気分で僕は言った。僕たちにはきっと他愛のない話が必要な気がする。すべての道が行き止まりへと通ずるふたりは、脇道へ進むしかないのだから。

「勝手に殺すなぁ！」

レトロなツッコミをしつつ、浜辺さんはライブラリールームに入ってきた。ひまりは、珍しくなーがボケた、と嬉しそうに笑っている。

「もしかして毎日？」

たずねると、ひまりはうなずいた。

「ひと眠りして目が覚めたから、漫画をあさりに来たんだよね。部屋に持ち帰って読むつもりで。熱はまだ七度六分あるのに」

「なんで知ってるのぉ！」

「寝てなきゃだめでしょ」

ひまりは浜辺さんを優しく叱りつけた。

「お母さんか！　寝転がりながら読むもん」

「子供か！　……オススメ教えてあげるね」

ひまりはソファを離れ、棚の本を指さしはじめた。浜辺さんはライブラリーの品揃《しなぞろ》えに感心しつつ、薦められた本を抜いていく。

「全部読んだって言ってたもんねぇ……あっ」

「結構前から聴いてたんですね」

タロットループのことより、僕のひまりへの想いを知られてしまったことが恥ずかしい。

浜辺さんは振り返り、冷却シートの下の眉を吊りあげた。

「咳を我慢するのってすごい辛いんだよぉ」

片手で拳を握り、縄跳びをするみたいに体の横で振りまわす。相変わらず漫画みたいな人だ。持ち帰る本を選び終えると、十冊ほどのコミックを抱えた病人は僕らを交互に見つめた。

「さっきの、ループとかって本当なの？　何かの作品のなりきりじゃないんだよね」

「なりきり？」

ひまりは僕に解説するような答えを返した。

「うん、役になりきってお芝居してたわけじゃないよ」

「ほんとの話なんだ……気づけなくてごめんねぇ。ずっと辛かったよね」

病人はすまなそうに言ったあと、でもね、ときつく眉を寄せた。

「なら、老婆心ながら言わせてもらいます」

浜辺さんはたっぷりと間を取り、わざとらしい咳払いをした。かと思ったら、わざとではない咳がとまらなくなる。ひまりは崩れそうな本を支え、友の背中を撫でた。

咳がおさまると、浜辺さんは言った。

「ひまり、余命もの読んだことある？」

「あるよ、あるある。小説も漫画も映画もドラマも。翻訳されてない韓国《かんこく》のやつも全部」

「七千二百歳すごぉい。ならわかるよね。ヒロインが不憫《ふびん》だよぉ」

「そうそう、展開わかってても泣いちゃうの」

共感するひまりの頬にやわらかい拳が入った。

「渚沙くんのことだよ」

ひまりは不思議そうな顔をした。僕も首をひねる。

「物語じゃなくてふたりの話」

「……ヒロインはわたしじゃない？」

「んーん。渚沙くんだよぉ」

ひまりの頬にふたたび拳がめりこんだ。

「考えてみて。最後の日に消えちゃうのはどっち？　今のひまりは、自分が傷つきたくないからって、余命が確定した難病ヒロインを置いて逃げちゃうヘタレな彼氏だよ？」

浜辺さんは拳を下ろし、窓の外を見つめた。

いつの間にか雨はやんでいた。先ほどまでの嵐が嘘みたいに青い空。この時間にはもう雲の数字は消えている。

「そんな主人公で、読者が応援できるかな？」

病人は鼻水をすすりながら本を抱えて去って行った。

残された僕らは黙ったままガラス越しに庭園を見下ろした。休憩所のあたりに、今にも消えそうな虹がかかっていた。いつもは気づかなかった虹だった。

じきに、澪島らしい美しい夕焼けがはじまる。

「……考えてみよっかな」

ひまりは誰に聴かせるでもなくつぶやいた。


一時間後。僕はいつもどおり夕食の給仕を手伝っていた。

客が料理や酒を楽しんでいる間も厨房は大忙しだ。喧騒のなか、一人用の鍋に固形燃料をセットしていると、仲居さんに声をかけられた。

「ご指名だよ」

と、瓶ビールと栓抜きを渡される。

普段はこんなことはない。となれば「指名」をくれた相手はおのずと知れる。そもそも給仕役のスタッフを指定する客など、ループ中にかぎらずいない。

小盆にビールとグラスを載せ、僕は厨房をあとにした。

本館一階の大部屋。とくに要望がないかぎり、宿泊客はここで食事を楽しむ。造りとしては一部屋だが、たくさんの小部屋に分かれていて、出入り口の仕切りが閉じるようになっている。個室タイプのファミレスといった雰囲気だ。

失礼します、と僕は「鶴の間」と書かれた間仕切りの引き戸を開けた。

「来た来た」

ひまりが盆を受け取った。左耳の上にはプラスチックの猫がいる。僕が作った髪留めだ。

三人とも館内着の作務衣を着ていた。食事時に顔を合わせるのははじめてだ。天海さんはすでに飲んでいるらしい。顔が汗ばんでいる。浜辺さんは笑顔で咳きこんでいた。まだ辛そうだ。

「ご指名ありがとうございます」

「ホストかよ！」

「ひまりが呼んだんでしょ！」

グラスにビールを注ぎ、前菜が並んだテーブルに置いていく。と、髪留めがいつの間にかイチゴに替わっているのに気がついた。これも僕がプレゼントしたものだ。

視線に気づき、彼女は照れくさそうに言った。

「五分ごとに替えてるよ」

「彼がヘアアクセサリの子？」

天海さんが問う。

「そだよ」

「百個の？」

「そうそう」

なんだか気恥ずかしい。今日は浜辺さんだけでなく、天海さんにもひまりへの恋心を知られてしまった。

「天海ちゃんに紹介したくて来てもらったの」

そういえば今日は一度も天海さんと顔を合わせていなかった。僕は空の盆を胸に抱え、お辞儀をする。

「ひまりとはどういう知り合いなの？」

「んーとね」

ひまりは髪留めを外し、今度は天使の飾りをあしらったものにつけ替えた。

「わたしの彼氏」

抑揚のない声が信じられない言葉を紡いだ。

思わず抱えた小盆をとり落とす。失礼しました、と拾い、顔をあげる。ひまりはことなげに小首を傾げていた。息をのむ音が聴こえ、目をやると、浜辺さんが両手で口もとを覆い涙ぐんでいた。

天海さんはけげんそうに言った。

「当の彼氏くんはすごい顔してるけど？」

「すみません、ほんとに驚いちゃって」

僕らを交互に見つめる親友にひまりは返した。

「じつはね、今お返事したの」

ゆっくりとした動作で髪留めをつけ替える。天使から帆船の飾りへ。船首から伸びた細い鎖の先では小さな錨《いかり》が踊っている。

「いっぱい待たせちゃってごめんね」

嗚咽《おえつ》が聴こえた。浜辺さんが顔をぐしゅぐしゅにして号泣していた。なんだか僕も泣きそうだ。

「そっか、ひまりをよろしくな」

天海さんはどこか寂しげにそう言った。

おしゃべりをはじめた三人にお辞儀をして僕は、ごゆっくりどうぞ、と個室を出た。廊下を歩いていると、追いかけてきたひまりに呼びとめられた。髪留めは赤いハートに替わっている。

「花火の頃、展望ラウンジで待ってるね」

本館四階の一角だ。ラウンジとは名ばかりで、大窓のそばに折りたたみ椅子が置いてあるだけのスペース。とはいえ館内でもっとも眺望がよい場所だ。

「それとも夜は勉強したい？」

「ひまりといたいです」

「うはっ」

「うはってなんだよ」

ひかえめに手を振って個室に引っこむ彼女を見送り、僕はどうしようもない気分になっていた。拳を握ってガッツポーズをすればいいのか、空に叫べばいいのか、うつむいてお盆を抱きしめればいいのかわからない。酔っぱらっているわけでもないのに足もとがふわふわしていた。気を抜けば頬がだらしないほどに緩んでしまうのを抑えられなかった。

と、背後から声をかけられた。

「ナギちゃん、ちょっと」

伯母だった。僕らの様子を見ていたらしい。女将は手招きし、僕をエレベーターホールの椅子に座らせた。この忙しいときになんだろう。

「あとで空いてる部屋にいらっしゃい。ベッドインしなきゃいけない雰囲気を教えてあげるわ」

「馬鹿なんですか」

僕は立ちあがり、伯母の額に手刀を入れたい衝動を抑えて仕事にもどった。

照明を消すと、展望ラウンジの大窓は夜空を映す巨大なディスプレイになった。

まわりに人はいない。どの宿泊客も神社へ行ったか、自分の部屋から花火を見ているらしい。誰にも邪魔されないと知っていてひまりはここに誘ったのだろうか。そう思うと胸が高鳴った。

「お友達は？」

星空にきらめく金色の柳を見つめ、ひまりは答えた。

「ふたりとも大浴場。知ってる？　露天風呂からも花火見えるんだよ」

「僕より全然ゐりゑ屋に詳しいですね」

「澪島にもね」

色とりどりの大玉が上がった。ガラス越しの爆発音は遠く、会話をさえぎることはない音量だ。

「浜辺さんには感謝を伝えておいてください」

「ん？」

「ひまりの心を動かしてくれたのって浜辺さんの言葉でしょ」

「まぁ、そうだね」

淡々とした声が返ってきた。どこへも繋がらない道へ踏み出してしまったことを後悔しているのだろうか。やっぱりつきあうのやめた。今にもそう言われたらと思うと怖くて、僕は急いで会話を前に進める。

「僕が言うべきせりふだったのかも」

「なーが自分で言うのは違う気がする」

「そうでしょうか」

「ぼくはヒロインなんでちゅ！　一緒にいてくだちゃあい、って？」

「なんで赤ちゃん言葉なんですか」

「あはは」

　ひまりはひかえめな声で続けた。

「背景じゃなかったのかも」

　次々にひらく花火と花火の間にそっと言葉を置いていく。

「友達をただの背景にしてたのはわたしのほう。わたし、傲慢だったね。自分が一番わかってるって思いこんでた。でもね、屋久杉の樹齢を生きたおばあちゃんだって、二十二歳の小娘の老婆心にガツンって殴られることがあるんだよ全然」

　ガラスの向こうでスターマインがはじまった。いつもと同じ色、同じタイミングで上がる花火をはじめての場所で眺める。

「わたし、とっくに壊れててもおかしくなかった。ほんと言うとね、ひたすら叫び続けた日も目覚めた瞬間に海に飛びこんだ日もある。だけど毎日、天海ちゃんとはまべちが隣にいてくれたから。大好きな友達に支えられてたのずっと忘れてた」

あと、とひまりはつけ加えた。

「ついでに、なーにもね」

「ついでって」

「きみって結構優しいんだよ。波止場で転んじゃったときは一日中心配してくれたし。スイカ食べたいって言ったら商店街で寄り道してくれたし。東京へもどる船を一緒に待ってくれたこともある」

「どれも憶えてません」

当然だが、僕が知っている以上にたくさん、僕はひまりとの時間を過ごしているのだ。

「わたしがホームシックにかかってるって言ったら、失踪したお母さんのことを話してくれたり」

「それ本当なんですか。初対面の相手に喋るとは思えないけど」

「ほんとだよ。……ってことは、わたしだから話す気になったのかな？」

ひまりは目を細め、わかってるよぉ、とでもいうように口角を吊りあげた。ひさびさに見る妖艶な流し目に、僕はとっさに視線をそらす。

「ね、いつからわたしのこと好きだった？　初日から？　もしかして一目惚れ？」

「はじめて笑顔を見たときには好きになっていた気がします」

「失言じゃなくてもそういうこと言ってくれるんだね」

視線をもどせば、ひまりはうつむいて肩にかけたポーチの紐《ひも》を握っていた。なんだか恥ずかしくて、僕は慌てて言いつくろう。

「違っ……」

「違わないでしょ」

「……はい。ひまりが好きです」

「ぐはっ」

「ぐはってなんだよ」

「おえっ」

「吐くな」

恋人同士になったのに。薄暗いラウンジで、綺麗な花火も上がっているというのに、いまいちロマンティックな雰囲気になりきれないふたりである。

空を埋めつくす煙を残して花火は終わった。

ひまりは待ってましたというように、ポーチから小さなノートを取り出した。文庫本サイズのメモ帳。表紙には澪島の全景の写真が印刷されている。フロントで売っている商品だ。

「このノート、何万回買ったことか」

ひまりは表紙をめくった。目を凝らすと、最初のページには美しい毛筆で「やりたいことノート」と書かれていた。異様に達筆だ。楽器だけでなく、書道の腕もプロ並みらしい。

「やりたいことノート？」

「定番でしょ」

「この場合、僕が書くほうが正しいのでは？」

「ふたりで書こうよ」

ひまりは音階のない声をはずませ、ノートを持ち上げた。

「記念すべき第一弾は……」

ドラムロールを口ずさみページをめくる。蛍光ペンでデコレーションされた二文字が書かれていた。筆の文字との落差がすごい。僕はなかばあきれつつ、それを読み上げた。

「心中？」

「そ」

「相変わらずぶっ壊れてんな」

大げさなジェスチャーで肩をすくめる。

「相手がいないとできないことをしたいの。なーがいなくなった後もわたしには無限の時間があるんだから。だいじょぶ、死んでも生き返るのは実証済み」

「いやですよ」

「仕方ないなぁ。じゃ、無理心中にしとくか」

「やめろ」

「あはは」

否定しつつ、つきあってあげても全然かまわないとも思った。僕らは普通の恋人同士ではないのだ。どこまでも、誰もたどり着けない場所まで歩みを進めて何が悪い。

「というかこっちを毛筆で書きましょうよ」

「おぉ、なるほど！」

ひまりはポーチから筆ペンを取り出した。ページをめくり筆を走らせる。縦書きの「心中」。バランスをあえて崩した躍動感が激情を表現していた。新進気鋭の書道家かと思うほど見事な手蹟《しゅせき》だ。続けて右のページに「無理心中」と書き殴る。

「だからやめろ」

けらけらと笑うひまり。

「もしかしてなんですけど。書道も島に来てから？」

「そだよ」

「バイオリンやピアノも？」

「うん。趣味と呼べるものにはだいたい手ぇ出した。ほとんど独学だけど。知ってる？人って暇すぎると学びはじめるんだよ。語学ばっかり勉強してた百年もあるよ」

ひまりが知らない国の言語で書かれた文章を読んでいたことを、僕は想い出した。

「知識や技術を磨いていく方向のものはいろいろできた。書道、楽器、歌、ダンス。逆にね、外に積み上げていくもの――絵や小説とか作品を創っていくようなのはループと相性が悪いの。園芸なんかもね」

「手芸もですね」

「あと三時間で消えちゃうのさみしいよ」

ひまりは朝顔の髪留めに手を添えて嘆いた。

「作曲とかは？」

「その中間かな。録音した作品は消えちゃうけど、頭の中に残った譜面で演奏はできるから」

僕らは電気もつけずに話しこんだ。

少し水を向ければ泉があふれるように返事がかえってくる。いくら話しても足りなかった。伝えたいこと。聞きたいこと。知りたいこと。知ってほしいこと。思いついたばかりの冗談。

どれほど話しても共有しきれない七千年が僕らの会話を加速させる。息継ぎする間も惜しいくらいだ。

「酸欠になりそう」

「ですね」

「でもすっごい楽。なんでも話せるっていいね。七千二百歳だってこと隠してたときは辛かったからさ」

「今思うと結構バレバレなことも言ってましたけど」

「バレたか」

「ひまりのそれ、かわいいです」

目をやると、ひまりはまたうつむいていた。暗くてわからないが、きっと頬が染まっているだろう。僕はようやくコツのようなものをつかみはじめていた。ひまりはよく僕をからかうが、こちらさえ動じなければ逆に攻めにまわれるのだ。

「つきあいはじめたとたん、決壊しすぎじゃない？」

「いや、だってかわいいから」

「そういうとこだよ！」

ひまりはノートを持った手を頭上に掲げ、ちょっと無防備な伸びをした。続いてポーチからスマートフォンを取り出し時刻を確認する。いつのまにか二十二時を過ぎていた。

「んー、いい時間。そろそろもどろっかな」

「えっ」

「もう行っちゃうの。ぼくちゃんさみしいでちゅ」

「だから赤ちゃん言葉」

「あはは」

「さみしいのは本当ですけど」

「またそういう」

ひまりは凜々《りり》しい顔をつくって僕をにらむと、すぐに表情をやわらげた。

「そろそろお風呂入りたいの。不思議だよね。食事をとる必要なんてないし、体洗ってもあと二時間でリセットされちゃうのに。お腹《なか》は空《す》くし、湯船にも浸《つ》かりたくなる」

「眠くもなるし」

「そうそう。あ、日焼け止め塗るのはとっくにやめちゃったけど」

「虫よけもいらないかも。でも刺されたらかゆいか」

「わたし、蚊に刺されない体質なんだよ」

「そんな人いるんですか！」

話は尽きない。

僕は筆ペンを借り、やりたいことノートのページをめくった。廊下から届く灯《あか》りをたよりに文字を綴《つづ》る。七千二百歳の達筆にはとうてい及ばない下手くそな字を、彼女は読み上げた。

「ひまりのおっぱいおしゃぶりする……いやぁ、これはちょっと」

「違うから！　ちゃんと読め」

「ひまりといっぱいおしゃべりする……か。ありがと。嬉しいな。なーに話したいことまだまだいっぱいある」

「十日じゃ足りないです」

口にしたとたん、自分の声がふるえるのがわかった。こんなに幸せな時間もいずれ終わってしまう。時を止めた八月三十日。なのに一秒ごとに、さよならを言わなければならない瞬間が近づく。矛盾してるじゃないかと叫び出しそうだ。

瞳にあふれるものを隠すようにまぶたを閉じる。と、うつむいた唇の先にとけそうなものがふれる感触があった。思わず目をひらく。髪を押さえて僕をのぞきこんでいたひまりの顔が離れていった。

一拍遅れて何が起こったのか把握したとたん、じわじわと鼓動が跳ねあがっていった。唇に残る熱の余韻が痛いほど胸を締めつける。

照れくさそうにひまりはつぶやいた。

「また明日ね」

「はい」

放心したままうなずく。

「お風呂上がったら部屋で二次会かなー。キスしてきたって言ったら盛り上がるぞー」

「……酒の肴《さかな》だったんですか今の」

「えへへ」

ひまりはひるがえり、軽やかな足取りで灯りのついた廊下へと去っていく。

「ひまり！」

僕は階段へ向かう彼女を呼びとめた。ノートを抱え振り向くひまりに、けれど何を言ったらいいのかわからなかった。心の内にある泣き出しそうな愛しさを正しく示す言葉がなかった。

ひまりは静かにうなずいた。

「伝わったよ」

優しいその言葉に視界がゆがむ。

「胸のなかで言ってくれたでしょ」

掌をメガホンにして、だけどひかえめな声で彼女は言った。

「わたしも同じ」

恋人は小さく手を振って階段を下りて行った。スリッパの音が館内に響く。恋が愛に変わっていく音を聴いた気がした。

◇

正義の日はまだ終わらなかった。

ベッドに入ろうとしたとたん、スマートフォンが振動した。ひまりからのメッセージだ。ひとこと、「庭」とだけ。僕は懐中電灯を取り、窓辺に寄った。予想どおりだった。夜中の庭園に楽しげに白い光が踊っていた。

馬鹿みたいに光でじゃれあったあと、僕はひまりにメッセージを送った。懐中電灯を持ったまま部屋を出る。

五分後、僕らはロビーで落ちあった。

時刻は二十三時四十分。

作務衣を着たひまりの目は眠そうにとろんとしている。

「どうしたの？　あと二十分だよ」

「おいで」

僕はイッヌを呼ぶようにひまりを呼び寄せ、手を取った。

外出用のサンダルを履き、ゐりゑ屋の敷地を出る。いつもの坂を下り、途中で港と反対方向に折れる。舗装された道が切れても続く獣道を進むと、ほどなく視界がひらけた。

眼下は海。夜の光をきらめかせる波が静かな潮騒を奏でている。愚者のカードの絵柄を連想させるような断崖だ。おぼろげな水平線に欠けた月が沈もうとしていた。

僕は懐中電灯を消し、真夜中の虫の声にのせて言う。

「確認です。ちゃんと生き返るんですよね」

「もちろん」

ひまりは僕らがこれから何をするのか察したようだ。

「でも、わたしはこのまま死んじゃってもいいな」

「僕はいやですよ」

「そお？」

「だってまだ十日間も一緒に過ごせるんだから」

「最後には忘れちゃうんだよ？」

「だとしてもです」

ひまりは長く息を吐いた。表情が見えないほどあたりは暗い。

「なーがこんな子だと思わなかった」

「ひまりもです。つきあったその日に心中を持ちかけてくるとかクレイジーすぎる」

「応じてくれるなーもね」

今から命を絶つのだ。そう思うと、絶叫マシンに乗る前など比ではないほどの不安と緊張が襲いかかってきた。僕たちはどちらからともなく体を寄せた。

「なーの体、熱いね」

「ひまりは温泉の匂いがします」

恥じらいなどどこかへ吹き飛んでしまい、僕らはほかにも恥ずかしいせりふを言いあった。恐怖に似た戦慄が肌を粟立てている。意味がわからないほど強く心臓が打っていた。僕もひまりも。

二十四時が迫る。

手を繋いだまま、風と波の音のなかへ飛びこんだ。

予想される衝撃から守るように彼女を抱き寄せ回転する。背中が水面を打った。きびしい音が一瞬でくぐもる。次の瞬間、僕らは海の中にいた。無数の気泡と水が動く音。月あかりも届かない闇の海はふたりだけの世界だった。

しだいに息が苦しくなっていく。

僕たちは互いにしがみつき、酸素を欲しがる本能に耐えた。嘘みたいに早鐘を打つふたりの鼓動が警報を鳴らしていた。水面に顔を出せ。このままでは死んでしまうぞ。それでも僕らは抱きあいながら、夜の波に体の行く先を任せた。

名前も知らない神経伝達物質が脳内をめぐる。体じゅうを駆けまわる血液に蹂躙《じゅうりん》され、勝手に感情が揺さぶられていく。苦しい。助けて。許して。辛くて仕方がないはずなのに、命の極限をひまりと味わっていることの幸福感がものすごい。もしかして。ふと思う。世の中には、絶望からではなく純粋な快楽から命を絶つことを選んだ恋人たちもいたのではないだろうか。

時を止めた八月三十日。世界から切り離された海の中。すべてがリセットされる直前の境界面で僕らは選ばれ、誰にもたどり着けない生と死の狭間《はざま》を超えようとしている。

遠のく意識とともに世界は消えた。

自室のベッドで目を覚ます。

全身が煮えたぎるようだ。体にまだ酸素が足りない気がして大きく息を吸う。鼓動は水の中にいたときのままの強さで打ち、生きていることを証していた。

死さえふたりを分かつことはできない。

僕らは最強だ。

熱が冷めやらないままアカウントを登録しなおし、メッセージを送った。

『昨夜はすごく興奮しました』

返事はすぐにかえってきた。ひまりも起きているらしい。

『文面がエロすぎじゃない？』

「……たしかに」

ひとりつぶやいて時刻を確認する。午前三時。いつもよりずいぶん早く目覚めてしまった。

スマートフォンがまた震えた。追加で返事がきていた。

『すごかったね心中』

やっぱり僕らは最強だ、と思う。死後に感想を語りあう恋人たちなど前代未聞だ。カーテンと窓をひらく。明けやらぬ空に星がまたたいていた。

ループ十二日目。ホイール・オブ・フォーチュン、運命の輪の日。

僕は手早く着替え、すでに仕込みをはじめている厨房におもむいた。朝食はいらない旨を伝え、敷地を出る。まばらな常夜灯に照らされた坂を下り、港へ向かった。暗い空にうっすらと雲が「10」の形を描いていた。

五分ほどで港に着く。客船用ではなく漁港のほうだ。

「おはよー、イリエッティー」

思ったとおり、湊が漁船「みなと丸」の整備点検をしていた。デッキでは湊の父親が煙草を吸っている。

「湊、頼みがあるんだ」

「いいぜー」

「いや聞いてから答えようよ」

相談しながら、僕はスマートフォンに時刻表を表示させた。

東京発の大型客船のタイムテーブルだ。前日二十三時半に竹芝ターミナルを出た船は大島、利島《としま》、標島を経て、九時に澪島に到着する。

湊は見慣れないアプリだかサイトだかをひらき、風向や波の状況を確認した。客船の到着時刻とみなと丸が出せる速度を検討した結果、利島までなら行けるとの結論が出た。

湊と親父《おやじ》さんに背骨が折れるほど頭を下げ、僕は村営船よりひとまわり以上小さい漁船に乗りこんだ。

「一秒でも早く逢いたくてさ」

「女かー」

小型の船はよく揺れる。僕はキャビンには入らず、右舷側のへりにつかまっていた。波音も水飛沫《みずしぶき》も近い。かすかな酩酊感《めいていかん》があるのは船のせいか心中の名残《なご》りか。

隣でスマートフォンをいじっていた湊が顔をあげた。SNSに動画を投稿し終えたらしい。

「デート代足りてるかー？　よかったら少し持ってけ」

バッグから防水財布を取り出す湊の手を僕は押さえた。

「足りてるから。使っても使っても減らないくらいに」

「すげーな」

むしろこちらが船賃を払いたいくらいだ。言ってもこの親子は絶対に断るだろうけれど。

「湊、もしさ。お金落としたから貸してくれ、って知らない人に言われたらどうする」

「いくらでも貸すだろー」

「人が好《よ》すぎて不安になるよ」

「よく言われるぜー」

僕が心配せずとも、島中のみなが湊を気にかけている。生まれも育ちも澪島。いずれ本土へ出て行くのが当然の若者のなかで、数少ない、島に残った好青年。誰よりも可愛がられていると言っても言い過ぎではない。

湊の邪気のない笑顔がなぜかひまりに重なった。

時間という離島から出ることができない彼女に。

「湊さー」

「んー」

「僕がいなくなったら……いや、この言い方はおかしいな。いるんだけどいないときに藤壺ひまりって子と逢ったら。めいっぱい力になってやってくれないか」

「わからんけどりょうかいー」

湊は冗談めかして続けた。

「イリエッティ死ぬの？　フラグ立ってんぞー」

「死なねえよ」

僕は死なない。死なないのに、お別れだけが定まった道の上を歩いている。朝陽が水平線に顔を出し、波間に赤い鱗《うろこ》模様《もよう》を描いた。操舵室《そうだしつ》から煙草の煙がただよってきて目に沁みた。気のいい友達に不思議そうな顔をされながら僕はすこし泣いた。

七時前には利島に着いた。わがままを聞いてくれたふたりに頭を下げ、喉が嗄《か》れるほど礼を言って船を降りる。すぐさま乗船券を買い、接岸したばかりの大型客船に乗りこんだ。

船内のレストラン前で、いつもより二時間早くひまりに逢うことができた。

僕に気づいたとたん、ひまりは息をのみ、いつもの、夏の花が咲いたような笑顔を浮かべた。澪島牛みたいにもーもー言いながら、ぱしぱしと僕の肩に平手を打ちこむ。まだブラシを通していないらしい髪が楽しげに揺れた。髪留めはシンプルな藍色のクリップだった。

内緒で迎えに来てよかった。

心からそう思った。同時に、なんだか不思議だった。僕は何もしていない。ただすこし早く逢いに来ただけだ。それがひまりをこんなにも嬉しがらせている。

自分なんかにそれほどの価値があると思ったことなど一度もない。今も思っていない。

けれど、胸に飛びこんできて僕を見上げるひまりの顔にはたしかに、宝物みたいな笑顔があった。


いつもの場所、いつものメンバーで作戦会議がはじまった。

ゐりゑ屋の庭園。時刻は一〇〇〇《ヒトマルマル》。足もとにはイッヌ。天候は良好。

一緒にいられる時間は、残り十日。

愚者の日は思うように行動できないかもしれない。何かあったときのために予備日も確保したい。となると使える日数は〝今日〟を含めて八日。

行き当たりばったりに過ごしていては何もせずに終わってしまう。タイムリミットまでを効率的に過ごすため、少々時間をかけてでも計画を立てるべきだと意見が一致した。

「スケジュールを組むのも旅の醍醐味《だいごみ》だからね」

とは、ひまりの言だ。

旅という言葉に引っ張られたわけではないが、行きたい場所の絞りこみからはじまった。真新しいやりたいことノートに、気鋭の書道家の文字で候補地が並んでいく。

「パスポートはあるんだよね」

筆ペンでモンサンミッシェルと書きながらひまりは訊いた。

「去年取った。大学生になったら海外へ行くつもりだったんだ」

具体的にどこへと決めていたわけではない。漠然と、海外旅行を経験してみたいとだけ思っていた。

「だけど受からなかったから一年延期」

「よしよし」

ひまりは慰めるように僕の背中を軽く叩いた。すこし恥ずかしいが、ひまりにこうされるのは好きだ。

「でも落ちてよかったよ」

「なんで？」

「島に残ったおかげでひまりと出逢えたから」

「敬語使うのやめてみたの？」

「渾身《こんしん》の決めぜりふをスルーとは」

僕は頬を熱くしてうつむいた。ふたりの間には高度な攻防戦が繰り広げられている。こちらが動じなければ攻めにまわれるとはいえ、その攻めがかわされてしまえば僕の劣勢だ。

「というかそこは気づかないふりで馴染《なじ》んでください。こっちもがんばって喋り方変えてるんだから」

じつをいうと、はじめて呼び捨てにしたときと同じくらいの緊張を感じている。

「がんばってるんだ？」

ひまりは「くぅ〜」とビールを一気飲みしたあとみたいな声をあげ、両足をぱたぱたと踏み鳴らした。うとうとしていたイッヌが飛び起きた。座りながらの地団駄に調子を合わせるように尻尾を振る。

「これが年下萌《としした も》えかぁ」

ひまりは鶴の間に向かって声を張った。

「はまべちぃ、ここに年下がいるよぉ！」

「なんの報告だよ」

「ね。今度は逆にわたしを年下みたいに扱ってみて」

「難しいこと言うなぁ」

「いいから」

迷った末、僕は栗色の髪を撫でた。子供を可愛がるみたいにわしゃわしゃと。藍色のヘアクリップが外れて飛んでしまった。拾い、ハンドタオルで拭いてからつけ直してやる。

「くぅ〜」

ひまりはふたたびビールのＣＭみたいな声で悶《もだ》えた。

「じゃあ次は部活の後輩みたいに……」

「いや、それよりやりたいこと考えようよ」

イッヌが小さく吠えた。後ろ足で地面を蹴り、抱っこをせがんでいる。地団駄を目の当たりにした興奮が冷めないらしい。

ひまりはイッヌを抱き上げ顔を近づけた。看板犬は舌を出し、桜色の唇をペロリと舐めた。ひまりは続いて、イッヌの顔を僕の正面に持ってくる。熱い舌が今度は僕の唇にふれた。

ひまりは得意げに言った。

「間接イッヌ！」

庭園を風が抜ける。幾重にも重なる蟬の声は岩に沁みいるかのようだ。うだるような空気はたっぷりと湿気をふくみ、草いきれをまとっている。夏の匂いだ。

「……なんか言おうよ」

「徹夜で考えたネタなんだね」

「徹夜で考えたわけではない」

ひまりは看板犬を地面に下ろした。

「もう直接イッヌしちゃったわたしたちには、今さらだったかな」

「直接イッヌってなんだよ」

「あはは」

寄り道ばかりの作戦会議は一進一退の末、夜中までかかった。

一日が潰れてしまったとは思わない。それなりに楽しくて充実した時間だった。計画を立てるのも醍醐味との言葉どおりだ。いや、違う。ひまりが隣にいるからだ。彼女と過ごせばなんだって、他愛のないことでさえ輝きを帯びるのだ。

ふとした瞬間にあたたかい気持ちが心を満たす。そのたびに——。

この幸せはいずれ消えるんだぞ。

胸の内でもうひとりの僕が呪詛《じゅそ》のように水を差した。

会議はリセットの直前まで続いた。展望ラウンジで二十四時を迎える。今まででいちばん長い時間、ひまりと過ごした日になった。

翌日、隠者の日。僕は早起きをして標島へ向かった。

◇

ウユニ塩湖は、南米のボリビア西部にある広大な塩の大地だ。

標高は三千七百メートル。富士山《ふじさん》と同じくらいの高さだ。はるか昔、アンデス山脈が海底から隆起した際、大量の海水が高地に残され塩原が形成されたという。

高低差が非常に少ない土地なので、降った雨が膜のように地面に広がり鏡をつくる。

これが「天空の鏡」と呼ばれる絶景である。

「もっと面白いところあるのにー」

ひまりはすこし不満そうだったが、僕のたっての希望で初日はボリビア旅行にした。子供の頃に好きだったアニメの主人公の「心象風景」がこの塩湖をモデルにしていて、いつか行ってみたいと思っていたのだ。

やりたいことノートに綴った「ウユニ塩湖」の文字に丸をつけ「隠者の日（予定）」と書きこんだ。

それが〝昨日〟のこと。

翌日。ループ十三日目。ハーミット、隠者の日。

僕は目覚ましより早く起き、厨房に顔を出した。朝食はいらないと伝え、港へ向かう。早朝の便の「ひごい」に乗った。〝毎日〟午後には欠航になる村営船で十五分ほど波に揺られ標島へ。すぐさま空港へ向かった。

標島空港に着くと、ひまりがヘリコプターから降りたところだった。

もちろん彼女が操縦しているわけではない。〝今日〟手配したチャーター便だという。大型客船より早く標島に来るため、大島から乗ってきたらしい。

そのヘリで本土へ向かった。標島空港には国際線ターミナルがないので、いったん羽田《はねだ》に行かなくてはならないという。

澪島が遠ざかると「9」の形を描いていた雲はすぐに見えなくなった。

羽田空港で出国手続きを終え、僕らはすでに到着していたプライベートジェットに乗りこんだ。

僕らをボリビアへと運んでくれるのは、機長、副操縦士ともに女性のパイロットだった。アクション映画で最後に仲間をかばって命を散らしそうな、戦士風のアメリカ人たちだ。

途中で給油をはさみながら、十時間以上のフライトを貸し切りの客室で過ごした。備え付けのモニターで映画を観たり、機内食のクラブサンドをおかわりしたり、昼寝をしたり。夕食の手伝いを欠勤する連絡を入れるのも忘れない。ちなみにヘリもジェット機も、手配から支払いまですべてひまりがやってくれた。

「かなりお金かかってるんじゃない？」

「円換算すると九千万くらいかな」

僕は驚愕《きょうがく》した。想像していたのと桁が違っていた。

「どれだけ貯金してたんだよ」

「してないよ。〝今日〟稼いだだけ。七千年生きてればそれくらい余裕」

たしかに、今日起こることをすべて把握している人間なら造作もないかもしれない。

「為替や株とか？」

「いろんな方法があるよ」

ひまりは不敵な笑みを浮かべた。

「相変わらず倫理観ぶっ壊れてんな」

「わたしたちはこうするしかないの。普通に行こうとすると二十四時間以上かかるんだから」

七千二百歳の恋人は続けた。

「お金の問題なんてたいしたことない。あちこちに無理を通すほうが大変」

聞けば、多くの人に「迷惑をかけて」このフライトは実現しているらしい。通常ならば絶対にありえないスピードで整備済み機体の手配やフライトプランの作成、運航許可の取得をしてもらったという。

「どんな方法使ったの？」

「詳しく話してもいいけど、知ったらなーも共犯になっちゃうよ？」

「一体何したんだよ！」

やっぱり想像が追いつかない。どれだけ一緒にいてもひまりは毎日新しい一面を見せてくれる。足りない、と僕は思う。あと九日では全然。

ボリビアのウユニ空港に着く。空は明るい。移動に時間がかかったのにまだ午前中なのが不思議だ。

「このまま時差と一緒にループも越えられるってことは？」

「ないよ、ないない。実験済み」

入国審査を終えると、空港には体格のいい男性が運転する自動車が迎えに来ていた。ジェット機の中から依頼した現地のガイドだ。

ウユニ空港、正式にはインテルナシオナル・ラ・ホヤ・アンディナ空港から塩原までは遠くない。ガイドさんの趣味らしい陽気なレゲエを聴きながら、使い古された日本車に揺られた。

二十分後。

ボリビアの太陽が照らし出すのは——。

見渡すかぎり真っ白な、塩の大平原だった。

鏡張りの湖はどこにもない。

「今は乾季だからね」

ひまりやガイドさんの説明によれば、八月のウユニは乾季。雨が少なく大地は乾いている。湖面に水が張る雨季は、だいたい十二月から四月までだという。

それでもせっかく来たのだからと車を降り、日本時間で二十四時には消えてしまう写真を撮った。塩の平原は亀の甲羅のような幾何学模様を描いている。神秘的で美しい光景ではある。

「残念だった？」

「絶望しかないです」

「敬語にもどっちゃったよ」

ひまりは不敵に笑うと、ガイドさんに車を出すように言った。レゲエのリズムに揺られ十数分。人が集まっているエリアが見えてきた。

「おおおおぉ！」

僕は窓から顔を出し、心のままに叫んだ。

青空と白い雲。それらをまったく同じ色で映し返す広大な湖。たわむれる観光客たちの足もとには、上下が反転した彼らの姿。

塩原は薄く水をたたえ、天空の鏡となっていた。

「これだよ！」

「びっくりした？　乾季でも雨が降ったあとなら鏡になってる場所があるの」

「びっくりというか泣きそう」

「いつも驚かされてるから、仕返し」

言葉を忘れて雲の流れにみとれたり、意味もなく走りまわったあと、近くにいた日本人のグループと協力して写真を撮った。

ガイドさんはよく心得ていて、車の中からボールや怪獣のフィギュアを出してきた。

遠近法を駆使し、巨大なテニスボールで玉乗りをする恋人たちや、怪獣に食われそうになる人類の写真ができあがった。

日焼けで真っ赤になった顔を笑いあっている最中《さなか》、太陽が南中するすこし前のタイミングで世界は消えた。帰りは一瞬だ。

・海外旅行を経験したい。
・ウユニ塩湖に行きたい。
・トリック写真を撮ってみたい。
・なーを驚かせたい。

四つ達成。僕らの恋の〝余命〟は、あと八日。
次の日からは同じ要領で世界遺産めぐりがはじまった。

・モンサンミッシェルでラプンツェルごっこをしたい。
・カッパドキアで熱気球に乗ってみたい。
・コロッセオでなーとバトル。
・真実の口でローマの休日ごっこ。

フランスのブルターニュ。トルコの中央アナトリア。イタリアのローマ。三つの国へ行き、やりたいことを四つ消化して力、戦車、恋人たちの日を終えた。とりわけジェット機のなかで「ローマの休日」を観てからの聖地巡礼は格別で、美しい彫刻や名だたるブランドの本店が並ぶ市街も壮観だった。

翌日、法王の日からはアジアの国々へ行くことにした。連日の長距離移動が大変だと感じてきたからだ。毎日リセットされる体に疲労が溜《た》まるわけではない。が、残り少ない時間を移動で費やしてしまうのは効率的ではないと意見が一致した。

僕らにとって何が「効率的」なのかは知らない。

・台湾《たいわん》の夜市で食べ歩きをしたい。
・行天宮《ぎょうてんぐう》地下の占い横丁で本場の占いを体験したい。

達成。士林市場《しりんいちば》で食べた胡椒餅《こしょうもち》は評判どおりの絶品。焼きエリンギは香辛料がきいていて、まるできのこではないものの味がした。日本語が上手な占い師は、僕たちの相性は抜群で前途は洋々とひらけていると言った。素晴らしい。

ループ十八日目。エンペラー、皇帝の日。

小雨《こさめ》のぱらつく夕方、僕らはソウルのカフェにいた。

・韓国でドラマのロケ地めぐりをしてみたい。

・ソウルでショッピング。

達成。午前中に訪れた景福宮《キョンボックン》は時代劇で観るより壮大だった。東大門《トンデムン》のファッションビルでは、店員さんに引かれるほど洋服やコスメを買いあさった。

想い出は設計を間違えた砂時計のような速度で蓄積されていった。同時に、かすかな違和感がしだいに育ち、まるで悲鳴のような音を立ててきしみそうになっているのを僕らは感じていた。理解していたはずだった。無駄だとわかっている道を、それでもあえて進もうと決めたのが僕たちだ。わかっていた。覚悟していたはずなのに……。

先に決壊したのは僕だった。

コーヒー一杯が七万ウォンもするカフェ。空いている席に、アクセサリを詰めこむためだけに買ったブランドバッグを並べ、高級万年筆を取る。漢江鎮《ハンガンジン》の大型書店で調達したノートにやりたいことを書き殴った。ペンに力をいれすぎてページが破れ、もう一度。文字が崩れても、耳のそばで嗚咽が聴こえても、しきりに落ちてくる水滴で紙が濡れてぐしゃぐしゃになっても何度も、何度も、祈るように願いを綴り続けた。

・ふたりで未来へ進みたい。
・ふたりで未来へ進みたい。
・ふたりで未来へ進みたい。
・ふたりで未来へ進みたい。
・ふたりで未来へ進みたい。
・ふたりで未来へ進みたい。
・ふたりで未来へ進みたい。
・ふたりで未来へ進みたい。
・ふたりで未来へ進みたい。
・ふたりで未来へ進みたい。
・ふたりで未来へ進みたい。

未達成。

余命、あと四日。

◇

翌日、タロットループ十九日目。エンプレス、女帝の日。

僕らはシンガポールにいた。

陽はとうに暮れている。地上二百メートルのビルの屋上プールから、やたら原色の光の多い夜景を眺めていた。

高級リゾートホテル「マリーナベイサンズ」のてっぺんにあるインフィニティプールだ。プールのへりに柵はなく、あふれた水がまるで夜の街並みへと流れ落ちているかのように錯覚する。実際は奥の低い位置に排水溝があるのだが。

昼は世界遺産に登録されている植物園「ボタニックガーデン」を散策し、オーチャードロードの巨大ショッピングモールを歩いた。夕方、プールを利用するためだけにマリーナベイサンズにチェックインした。日付をまたげない僕らは宿泊客とはいえない。広大なフードコートで食事をしたり、噴水ショーを楽しみながら夜が深まるのを待った。

日本とシンガポールの時差は一時間。

まもなくリセットの時刻だ。

ライトに照らされた水面に足先を浸す。買ったばかりの水着を身につけているが、はしゃぐ気分になれず、僕たちはビーチパーカーを羽織ったまま、プールサイドに腰かけていた。

「こうしてると想い出すね、海中温泉」

僕は同意するかわりに、光をたたえて揺れる水を蹴りあげた。水面も、広がる夜景もまばゆすぎる気がしてふと視線を落とす。

「太もも見すぎじゃない？」

「濡《ぬ》れ衣《ぎぬ》だ」

顔を見合わせて笑う。ひかえめに、強すぎる光が影を濃くしてしまわないようにそっと、ふたりで過ごす幸せを味わう。僕もひまりも心から笑うことができなかった。お別れの日が近づいていることが無視できないほどの影を落としている。影はひっそりと息をひそめ、ふたたび暴れだす機会を今かと探っていた。

「ずっと。怖くて訊けなかったことがあるんだ」

僕はおそるおそるたずねた。

「なあに？」

「僕だけがループを抜けるってどういうことなんだろう。愚者の日の次は八月三十一日になる？　そこにひまりはいるのかな」

「わたしがそれを知ってると思うの？」

「なーとわたしは、みんなが忘れてる時間の落とし穴に落ちたうさぎとアリス。でもね。大きな流れにのみこまれた。

　つま先がプールの水をかきまぜる。水は細かい渦と波紋を描いたあと、すぐにほかのかもとも思うよ。人はみんな、何度も繰り返した一日を忘れて生きているの」

「これはあんまり科学的な言い方じゃないけど。もしかしたらそれが世界のあり方なのまらないけれど、存在が消えてしまうよりはずっといい。

　誰もがループなどなかったかのように本来の翌日を迎えるということか。寂しくてたしも。わたしについては理論上の存在みたいになっちゃうけどね」

「うん。なーも、ループのことを忘れちゃった天海ちゃんも、無限の刑期を終えたわた
「みんな？」

「一緒に明日へ行くってわたしは考えてる」

　しばらく水の音を聴いてから、ひまりは口をひらいた。

「みんなで」

チし、誇らしげに微笑んだ。翳りのない笑顔だった。

投げたものらしい。僕は浮き輪を拾い、フリスビーの要領で投げ返した。少年がキャッ
　水玉模様の浮き輪が流れてきた。アジア人らしい家族連れが頭を下げている。子供が
「だよね」

なーもわたしも、穴の中での出来事はけっして外へと持ち出せない」

ヤシの木の形の影が水底《みなそこ》に沈んでいた。

あたりは消毒液のまじった水の匂いがしていて、それはどこか子供の頃の記憶を刺激した。夜景を望むナイトプールではない。焼けつくような太陽の下、虹が見えた水しぶきのプールサイドだ。

「なー、ごめんね」

「急にどうした？」

「いっぱい連れまわしちゃってさ。なーに見せたい場所がたくさんあったから」

「すごく楽しいよ」

返す言葉に嘘はない。だけど何かが嚙《か》みあっていないと感じているのも事実だった。

「ほんとに？」

「楽しいって！」

投げつけるように言ってしまう時点で歯車はきしんでいるのだ。僕は声を荒らげてしまったことを詫びた。

「わたしたち、間違ってたのかな」

「間違ってないよ」

自分を説き伏せるようにつぶやく。もし誤っていたのだとしたら、すべてがだ。そんなこと意地でも認めない。だって、じゃあどうすればよかったのだ。何をしたって無かったことになってしまう世界で、では何をすれば正解なのか。

胸にせりあがり、不快に押し寄せてくる徒労感から意識をそらす。

「間違ってない」

もう一度言って首を振る。無駄にカロリーを消費して、何度も。何往復も。

とん、と肩に重さがかかった。ひまりの頭だった。目をつむったまま、抑揚のない声で彼女は言う。

「明日は島にいよっか」

聴いているこちらも力が抜けそうになるほどの声だった。その提案にどこか安堵《あんど》した気持ちをおぼえつつ、僕は返した。

「中国旅行はキャンセル？」

「満漢全席《まんかんぜんせき》フルコース、味わってみたかった？」

「余裕で完食するひまりが見てみたかった」

水底に沈むものが浮き上がってこないよう、ひかえめに笑う。

「そろそろ時間だね」

ひまりは僕の左腕の時計を見つめた。買ったばかりの電波時計は日本時間に合わせてある。

「帰ろっか。わたしたちのホームへ」

僕はうなずいた。

「最後にあれはやるよね？」

「僕たちってとことん馬鹿だよな」

「夢のなかなんだからいいの」

手を繋ぎ、パーカーを着たままプールに入る。水をかいて端まで泳ぐ。水から上がり排水溝に下りると、僕らはきらめく夜景のなかへ飛びこんだ。

落下する体が重力にしたがって速度を増す。目をあけていられないほどの風。規則的な音を立ててパーカーがはためく。

内臓が浮く感覚とともに世界は消えた。

・シンガポールに行きたい。
・マリーナベイイサンズの天空のプールを堪能《たんのう》。
・命綱なしでバンジージャンプをする。

達成。残り、あと三日。

◇

起きろ。目覚ましより早く。

沈んだ意識の底で念じる。

まぶたを持ち上げようと力を入れる。

目が……ひらいた。

時計を確認する。午前一時半。

悪くない。もう少しだ。

大丈夫。〝明日〟も練習できる。

最終日のための……準備……を。明日はさらに早く目を覚まそうと決意し、僕はふたたび眠りのなかへ引きずりこまれた。


ループ二十日目。ハイプリーステス、女教皇の日。

僕らはいつもどおりの日を過ごした。

港で〝初対面〟をして、ゐりゐ屋へ。庭園の休憩所でイッヌと過ごす。雨が降ってきたら館内へ。夕食のときは別々だけれど、花火があがる頃にはお祭りへ。夜は展望ラウンジで口づけを。

二十二時過ぎには、ひまりは大浴場へ向かった。

僕は離れにあるスタッフ用の共同浴室で湯船に浸かる。

風呂上がりに、また展望ラウンジで待ちあわせた。

足早にもどってくると、ひまりが先に待っていた。濡れた髪から雫《しずく》が垂れている。乾かす間も惜しんで来てくれたのかと思うと頬が緩んだ。

僕は近くの、誰も泊まっていない客室からドライヤーを取ってきて、ラウンジのコンセントに差しこんだ。折りたたみ椅子に座った恋人の髪を乾かす。

「意外といい一日だった」

この一週間で一番充実していたかもしれない。

ひまりは同意してくれた。

「なんだか不思議。七千年、毎日変わりばえのない世界にうんざりしてきたのに、今はいつもと同じ日を望んでる」

「ひまりからそんな言葉が聴けるなんて」

栗色の猫っ毛が風と一体になって踊る。

「毎日毎日、なーとなんでもない一日を過ごして、気づいたら、んーん、気づかないうちに愚者の日が終わっていたらいいな」

「わかる」

「世界が終わっちゃうとしたら、最後の日は、鏡張りの湖でも天空のプールでもなくて、ここで過ごしたい」

「五つ星ホテルに勝っちゃったよ、ゐりゑ屋」

「すごいね」

ひまりの細い髪の毛はすぐに乾いた。外していた髪留めを左耳の上につけてあげる。

今日は一日、赤いリボンのついたヘアクリップだった。

・ひまりの歌声を聴きたい。
・なーの歌も聴きたい。（↑却下）
・ひまりのダンスも見たい。
・なーも踊れ。（盆踊りなら）（じゃあまたお祭り行く？）（なんでやりたいことノートで会話してんだよ）
・また直接イッヌしたい。
・ひまりといっぱいおしゃべりしたい。

達成。

たしかに、と僕は思う。

素通りするように毎日違う国を訪れることも、高級レストランで食べきれない量の料理を注文することも、翌日には消えてしまうジュエリーを手あたりしだい購入することも、ループの中にいる僕たちにしかできないことだ。

だけれど、お互いの知らない面を発見することの喜びにはまるでかなわない。ふたりでいられるなら、なんだって、どこだっていい。恋人の隣以上に行きたい場所など、世界中のどこにもなかった。

「おうちが一番ってやつだね」

「月並みだけど真実」

一週間で四か所もの世界遺産をまわった僕らが出した結論は、あきれるくらい平凡で、笑い飛ばしたくなるくらい他愛のないものだった。

二十四時が近づく。ひまりは力の抜けた声で言った。

「明日はどうする？　今日みたいな感じでもいいよ」

明日、魔術師の日は予備日として考えていた。

やり残したことはない。いや、逆だ。挙げればきりがないほど、ふたりでしたいことはあるが、書き連ねたリストを潰していくことが僕らのやりたいことではないのだ。

やり残してかまわない。僕たちはそうさとった。

「でも、なーにとっては最後のループなんだよ。みんなの記憶がリセットされてるうちに逢っておきたい人とかいないの？」

「んー」

首をひねる。

「昔好きだった子とかは？」

「ひまり以外の女なんてどうでもいい」

「言うねえ。じゃ、お母さんは？」

考えてもみなかった提案だった。

「言いたいこと言えるチャンスだよ。積年の恨みがあるなら殺したっていいんだし」

「その倫理観どうにかしろ」

「前科者のくせに」

僕はひまりの脇腹を指で突《つっ》いた。おほぉ、と下品な声をあげ、彼女は身をひるがえす。

「駄肉をつっつくな！」

「自分で言うのか」

「あはは」

しばらく考えたのち、僕は首を振った。

「却下かな。これ、誰にも、オーナーにも女将にも話してないんだけど……」

僕は隣の椅子に腰かけ、ひまりに六年前の話をした。

中学一年生の冬。

僕は小学校の同窓生の家に遊びに行くと偽り、新潟へひとり旅をした。

目的は母親だ。逢いたいわけではない。母の暮らす街はどんなところだろう。家はどのくらいの大きさで、近くにはどんな建物や公園があるだろう。それを知ることができれば満足だった。

興信所の調査書に記されていた街はどこにでもありそうな地方都市だった。路線バスの走る道路。高齢者ばかりが歩く住宅地。大型のショッピングセンターと、シャッターの閉じた地元商店街。

母の住む家を探すため、住所と地図を照らし合わせていたときだった。郵便局の横のスーパーマーケットから出てきた人がいた。母だった。

僕はなんの計画もないままあとを追った。買い物袋からはネギとスープの素《もと》が飛び出していた。夕飯は鍋らしい。生活感のあふれた後ろ姿だった。

「あの、」

気づけば声をかけていた。

振り返った母が向けた目を、僕は生涯忘れないだろう。

怯えていた。

口をひらき、視線を泳がせ、気の毒なくらいに体をこわばらせている。エコバッグを握った掌に爪が食いこんでいた。

僕のことが、自分の幸せな生活を壊しに来た悪魔の手先みたいに見えていたのだと思う。

「渚沙……」

「すみません」

僕は頭を下げ、

「人違いみたいです」

と言って走り去った。

本当に人違いだ。こんな人のことなど、僕は知らない。

捨てられたんじゃない。僕が捨てたのだ。

「……年齢をごまかしてカプセルホテルに泊まって、次の日に澪島に帰ってきた。これが僕のはじめてのひとり旅」

ひまりはとんとんと僕の背中を叩いてくれている。心が明け方の海みたいに凪《な》いでいく。

「完全に乗り越えたとはいえない。でも終わったことなんだ。目を背けるなって言う人もいるかもしれないけど、あえて掘り下げる必要もないかな、って」

「天海ちゃんもきっとそう言うよ」

「天海さん？」

「うん。無理せず自分の心の声にしたがうほうがいいよって。わたしもそう思う」

「それは天海さんは立ち向かっていきそうなタイプな気がする」

「天海ちゃんにとっての正解。心の声はみんな違う」

「なるほど。受け売りありがとう」

僕はすこしおどけて言った。意図せずしんみりしてしまった空気をかきまぜるように。

「バレたか」

大好きな口癖が返ってきた。

「じゃあ、お母さんに逢いに行くのは却下として……お父さん捜すのは？」

「それはループ中にやらなくてもいい」

「なら、わたしの家来る？」

「え？」

さらに予想もしない言葉が続いた。

「じつは今、年末なの」

「どういうボケだろうそれは」

ひまりはときおり文脈をぶった切って謎めいた発言をする。彼女のなかでは繋がっているし、話を聞けばなるほどと思うのだ。

天才と馬鹿は紙一重。何度そう思ったことか。

「言ってなかったよね。わたしがどうして毎日違う髪留めつけてるか」

「飽きないようにかと思ってた」

「半分正解。これね」

ひまりはリボンの飾りに手を添え、

「カレンダーなの」

と言った。

詳しくたずねると、ひまりは髪留めの飾りによって一から三十一までをカウントしているのだという。それぞれの飾りには数字が対応している。虹色の蝶が一、鏡餅が二といった具合に。

三十一、または三十まで数え終えるとふたたび一からはじめる。この循環が彼女にとっての〝月〟となる。もちろん二月は二十八までしか数えない。うるう年なら二十九だ。

「外はずっと八月三十日。でも、わたしの暦では四季がめぐってる」

「面白い」

「でしょ。このリボンは〝毎月〟三十日につけるやつ。今は七千二百十年目の十二月。明日は大晦日《おおみそか》なの」

ひまりはわざとらしく、ちらちらと視線を送った。

「今年はまだ帰ってないんだけどなぁ？」

◇

起きろ。起きろ。

……僕は意識の底から浮上した。

時計を見る。午前〇時五十分。

上々だ。明日はもっと早く。

愚者の日は、絶対に寝過ごしてはならない。

僕は二度目の眠りについた。世界の日から順番に、ループ中の日々を想い出しながら……。

翌日。マジシャン、魔術師の日。雲が描く数字は「1」。

相変わらずの八月三十日だが、タロットループでは二十一日目、ひまり暦では七二一

○年の十二月三十一日だ。

澪島とは異なり、よく晴れた午後。

ランチを済ませた僕らは、目黒《めぐろ》で買い物をしていた。駅ビルにある食料品店だ。

澪島の船着き場でひまりを迎え、そのまま高速ジェット船で東京へ向かった。ジェット船は大型客船より速い。竹芝ターミナルまで三時間だ。浜松町駅までは徒歩、そこから山手線《やまのてせん》に乗り、十三時には目黒駅に着いていた。

「ふたりとも教師だよ。パパは高校、ママは小学校の先生」

「育ちがいいんだ」

「そうでもないよ」

「親をパパ、ママって呼ぶ人は育ちがいい法則」

「何それ」

「家庭環境あるある」

「逆じゃない？　お父様とかお母様でしょ。それか父上母上」

「時代劇？」

どうでもいいことを喋りつつ売り場をめぐる。

「なーはどれ飲みたい？」

発泡酒のコーナーでひまりは訊いた。

「だから」

僕はため息を聴かせた。

「教師の両親からこんなのが生まれるなんて。不思議しかない」

「こんなのってなんだ体育館裏来い」

抗議もそこそこに、彼女は目についたものを次々とカゴに入れていく。

「スイカとぉ、パインとぉ」

獲物を求めて海を駆けるカジキさながらの速度で店内を駆けめぐる。輸入品も多く扱っている食料品店は買い物客で混雑していた。

「ひまりの豪遊がはじまった」

「トウモロコシとぉ……夏っぽいもの全部買っていこっか」

「年末じゃなかったのかよ」

いつものように軽口を叩きあう。一方で、僕の心は朝から緊張感につつまれていた。

恋人の両親と対面するのだ。気負わなくていいとひまりは言うが、許されるのならば逃げ出したいほどのプレッシャーを今も感じている。

両手にエコバッグいっぱいの荷物を抱え、店を出る。

傾きはじめた太陽を左手に権之助坂《ごんのすけざか》を下り、目黒川《めぐろがわ》沿いを歩く。ひまりの家は目黒駅と中目黒《なかめぐろ》駅のちょうど中間にあるという。

「都心の一等地じゃないか」

「あんまり期待しないでね」

十数分で着いた。

ブロック塀。二階建ての家屋。引き戸の玄関。庭は小型のトラックが停《と》められるほどの広さだ。

築四十年は経過していそうな一軒家だった。

「おじいちゃんが建てた家なの」

なら、四十年ではすまないかもしれない。

幸いというべきか、両親はまだ帰宅前だった。

飲み物やフルーツは冷蔵庫へ。冷蔵庫に入らないものは水と氷を入れた金だらいに浸した。

ふたりでエプロンをつけ、調理台の低い、昔ながらの台所で野菜を切る。メインディッシュは夏野菜カレーだ。

にんじん。たまねぎ。パプリカ。ピーマン。ナス。肉は牛のブロックと、ひき肉も入れて味を深めるのがひまり流らしい。足がはやくなってしまうため、じゃがいもは入れない。

「傷むの気にする必要ある？」

「あるの」

油をひき、大きな鍋で食材を炒《いた》めていく。食欲をそそる音とともに、いい匂いがしてきた。たまねぎが透明な飴色《あめいろ》になってきたところで水を投入。沸騰したら、おたまで掬ってアクを取りのぞく。

さらに三十分。風味をつけるためローリエの葉も一緒に煮込んだ。

その間、僕は勝手口に向かって頭を下げていた。

「こ、このたびは、はっ、お日柄もよく……」

「何それ」

「挨拶の練習」

「緊張しすぎ」

「あ！　スーツ着てないし」

スラックスと白いシャツ。ゐりゑ屋で接客をするときと似たような格好だ。無難ではあるが、なんの工夫もない。

「普通でいいんだって」

後ろから肩を揉《も》まれた。

「もー。いきなり娘さんをくださいとか言わないでね」

「違うの？」

「言うつもりだったのかよぉ」

ひまりは僕の背中をばしばしと叩いた。妙に嬉しそうだ。

「そういうことじゃないんだって。どうせリセットされちゃうんだから、ただ楽しくしてればいいんだよ」

「たしかに」

納得する頭とは裏腹に、凝り固まった肩はなかなかほぐれてくれなかった。

「なーは年上に受けがいいんだから大丈夫。年上キラーでしょ」

「なんだよそれ」

「はまべちが毎日言ってるよ」

薬を届けた日だけじゃなかったのか。

具材がほどよく煮込まれてきた。ひまりは顆粒《かりゅう》タイプのルーを投入し、鍋をかきまぜた。とろみがついてきたところで、ひと口小皿に掬い、味見をする。

その雰囲気にみとれてしまった。

栗色の猫っ毛は、後ろでひとつにまとめられている。今日の髪留めの飾りはオレンジの輪切りだ。ふと、ポニーテールのうなじに視線が吸い寄せられた。

僕は思わず後ろから彼女に体を寄せた。

やわらかく首に腕をまわす。ひまりは小皿を僕の口に近づけた。

「うまい」

「時間が経てばもっと美味《おい》しくなるよ」

「料理の腕もプロ並みか」

「そんなことないって。たかがカレー」

「何年ぶりだろう」

カレーを口にするのはずいぶんひさしぶりだ。毎日、旅館のまかない飯なのだ。外食以外では、カップ麺くらいでしかカレーに縁がない人生だった。意識したことはなかったが、家で作るような料理に飢えていた自分がいたのはたしかだ。

「にしても、こんなにたくさん作らなくてよかったんじゃ」

「そお？」

「一食ぶんあればいいだろ。二十四時には消えるんだし」

「たくさんあったほうが喜ばれるじゃん。明日の献立考えなくてすむーって」

僕の人生は親孝行とも縁がない。

「……そうか。そういうことか」

「連続殺人の謎でも解けたの？」

「いや。でも真実にはふれたかかな」

首にまわした腕をわずかに下げ、肩を引き寄せる。

「人生ってこういうことなのかもしれないって」

「なあに？」

ひまりは小皿をコンロに置いた。

「今日中に消えちゃうとしても、明日のぶんのカレーを作ること」

「さとったかー」

「さとるさ。余命一日なんだから」

ひまりはコンロを弱火にして、僕に向きなおった。

互いに背中に腕をまわし、抱きしめあう。

「最後だね」

背伸びして僕の肩にあごを載せ、ひまりはつぶやいた。滑りやすい地面にガラスの球体を置くように、そっと。

「〝明日〟逢うときにはもう、最初の一週間の記憶はなくなってるはず」

「また湊の船で迎えに行こうか」

肩のあごが左右に動く。

「いつもどおりの日にしよう。特別なことなんてない。この先もずっと続いていくみたいな穏やかな日にお別れしたい」

「ひまり」

残された時間であと何度、彼女の名を呼ぶことができるだろう。あらたまった気配が伝わったのか、息をのむ音が聴こえた。

「僕がいなくなったあと、また誰かと運命的に出逢ったら。その人と幸せになってください」

「ならない」

背中の手がシャツを握りしめた。

「こんな想いをするのはきみで最後」

抑揚のない声がふるえていた。


「旅行じゃなかったの！」

先に帰ってきたのはひまりのお母さんだった。

娘に顔立ちがそっくりだ。優しそうで若々しくて、並べば姉妹にも見える。ほどなく、お父さんも帰ってきた。こちらもひまりに、というか妻に似ている。長年連れ添って互いに似てきた、幸せそうな夫婦だ。怖そうな人でなくてよかった、と内心ほっとする。

お父さんは妻と同じせりふで驚愕した。

「旅行に行ったんじゃなかったのか！」

帰宅直後の慌ただしい雰囲気のなか、軽く自己紹介をし、食卓を整える。まずはお酒と、ご飯を少なめによそったカレーを用意し、いただきますと声を合わせた。お父さんは日本酒、お母さんとひまりはビール。僕は烏龍茶《ウーロンちゃ》で乾杯する。

「観るよね？」

ひまりがテレビをつけた。心霊番組がはじまっていた。芸能人が廃墟《はいきょ》に一泊するという企画だ。僕のため、間をもたせるようにつけてくれたのかと思いきや、どうやら違うらしい。

「怖いやつやってるときは、家族そろって見るのが恒例なの」

「私もママも好きでね」

お父さんは照れくさそうに頭を掻《か》いた。

「この番組も〝毎年〟見てるよ」

ひまりは僕にだけわかる含みを持たせてそう言った。

「そういえば去年もやってたっけかな」

お父さんもお母さんもよく飲んだ。僕は旅館の給仕の仕事そのままに、空のグラスに冷酒やビールを注いでいく。

ひまりもよく飲み、よく喋った。が、彼女はけっしてループのことを両親に打ち明けなかった。心配をかけたくないのだろう。たとえあと数時間の心配だとしても。

　ひまりは〝毎年〟家に帰っていると言っていた。今日の会話のどこまでが〝例年〟どおりで、どこからが僕の登場による変化なのだろう。楽しそうに、夏の花みたいな笑顔を咲かせている。でも、本当に帰りたい場所には帰れていないのかもしれなかった。

「渚沙くんだったか。きみも飲むといい」

　お父さんが、使っていないグラスを持ち上げた。表情は柔和だが、どこか威厳のある口調だ。まるで教壇の上から言われているような感じだ。もっとも、教壇から酒を勧める先生などいないが。

「まだ十九です」

「いいのいいの」

　と、お母さん。

「何か問題が？」

　お父さんは心底わからないとでもいうように首を傾げた。

「いや、ふたりとも教師でしょ」

　遠慮がちにツッコむと、ふたりは酔っ払いらしい大きな声で笑った。

「うちの生徒じゃないしなぁ」

「ねぇ」

あぁ、これは。

間違いなくひまりの両親だ。

「酒を浴びない十九歳がどこにいるんだろうな」

「酒豪の浪人生なんていやでしょ？」

「あはは」

お母さんがふたたび笑う。お父さんも拳を口もとに添えている。ふたりともひまりとそっくりな笑い方だった。

「すみません。うちでいつも見てるから慎重になっちゃって」

酒を毛嫌いしているわけではない。飲んだことがないから失敗が怖いのだ。宿では毎日のように、アルコールのせいで我を失った客を目の当たりにしている。

「彼の家、島の老舗旅館なの」

「伯父夫婦に世話になってるんです」

「大学に受かったら東京に？」

まるで自分の子供の心配をするように、お母さんが訊いた。

「ひとり暮らしをするつもりです。奨学金をもらいながらアルバイトをして。できればゐりゑ屋——うちの旅館みたいに住みこみで雇ってくれるバイト先があれば嬉しいんだけど……」

そこまで待遇のいい仕事が見つかるかどうか。まずは安い賃貸を探して生活基盤を安定させるのが先か。伯父や伯母は仕送りをすると言いそうだが、断るつもりだ。苦学生とはいかないまでも、悠々自適とはほど遠いキャンパスライフになることは覚悟して——。

「ここから通えばいいじゃないか」

お父さんの提案が僕の思考を断ち切った。

いいんですか。そう言おうとして声が詰まった。

「私が言おうと思ったのに！」

お母さんが子供みたいに拗《す》ねる。

「なー？」

頬を上気させたひまりが、僕の顔をのぞきこんだ。

僕は泣きそうになっていた。

夏野菜カレーの味。つけっぱなしの換気扇。誰も見ていないテレビ。かつて。遠い記憶の果てに、あったかもしれない、帰るべき場所。

うつむき、にんじんのかたまりを烏龍茶で喉に流しこむ。せりあがってくる感情で胸がいっぱいだった。はじめての場所なのに。初対面の人を相手にしているのに。なんて居心地がいいんだろう。

「こんな時間を過ごしてみたかったんです」

唇を噛んで嗚咽をこらえる。

「子供のときから、ずっと」

僕は自分の生い立ちを話した。母に捨てられたことも。ずっとひとりで抱えてきたこと――新潟で母に怯えるような目を向けられたことも打ち明けた。

ふたりの記憶は今日しかもたない。

僕の記憶も明日には消える。

こんなの全部無駄なのに。今、大切な人の家族と過ごすこのひとときが、かけがえのない時間だとしか思えなかった。

「一杯、いただきます」

僕は空のグラスに手酌でビールを注いだ。

失敗してもいい。この人たちの前でなら。

食べきれないほどのつまみとともに飲み会は続いた。

缶詰の果物にソーダ水を注いだトロピカルフルーツポンチ。屋台の売り物みたいに串刺しにした冷やしパイン。重箱に詰めたおせち一式と、僕らが突然茹《ゆ》ではじめた年越しそばに、お父さんとお母さんは目を丸くした。

縁側で種を飛ばしながらスイカを食べた。

庭では花火をした。

手持ちや打ち上げは近所迷惑になるというので、線香花火だけ。風鈴の音とコオロギの声がまじる庭に、はかない橙色《だいだいいろ》の線があらわれては消える。煙がただよい、夏の終わりの香りがした。

泊まっていきなさいという言葉に甘え、僕はひまりのあとに風呂をいただいた。風呂から上がると、二階の物置部屋にふかふかの布団が敷かれていた。

物置というわりには綺麗だ。古い家具に工具や衣類が整然と収まっている。本棚にはひまりが子供の頃に読んでいたらしい絵本や児童書が並んでいた。

「下にパパとママがいるからね。寝るのは別々」

ひまりは、わかるよぉとでもいうような流し目をつくった。

「同じ部屋がよかった？」

「ちょっとさみしいかな」

彼女は照れくさそうにうつむいた。今日の攻防戦は僕に軍配が上がったようだ。

おやすみを言って離れる直前、僕らは同時に口をひらいた。

「来てよかった」

「連れて来てよかった」

宝物をいつくしむように笑いあい、何度も別れを惜しんで扉を閉める。

布団に横になって天井の木目を眺めた。渦の模様が揺れ動いているように錯覚する。

結局少量しか飲まなかったが、はじめて酔っぱらうという感覚をおぼえた。風呂のおかげでだいぶさっぱりしたとはいえ、視界がまわり、まぶたが重くなる感じはまだ残っている。

うとうとしていると、誰かが扉を叩いた。

扉をあける。パジャマ姿のひまりが枕を抱いて立っていた。同じ布団に寝転がり他愛のない話をしたあと、僕らは声をひそめて結ばれた。

◇

起きろ。起きろ。起きろ。

眠りの森を抜け、まぶたをひらく。

時刻は――。

午前〇時三十分。

……間に合った。

ここ数日の練習の成果だ。

睡眠中とはいえ完全に意識が消滅しているわけではない。二十四時にリセットされ、〇時にもどってきている以上、夜が明けるより先に覚醒することは可能だ。実際、心中の〝翌日〟や海外旅行の朝は、目覚ましが鳴る前に起きている。

起床の時間はかなりコントロールできるはず。

そう考え、ここ数日、いかに早く起きられるか試していた。

今日の日のために。

寝ぼけまなこをこすり、勉強机のひきだしからまっさらなノートを取り出す。文庫本サイズで表紙に澪島の写真が印刷されている。フロントで売っている商品だ。

大丈夫。記憶はまだ保たれている。

僕はシャープペンをノックし、記録をはじめた。初日、世界の日のぶんはあと三十分で書き上げなくては。気が急《せ》いて力み、何度も芯を折ってしまう。ボールペンに持ちかえ、続きを綴った。

気づけば三十分が経っていた。

ひと息ついてカーテンを開けた。窓の外を眺める。

暗い空。沈みかけた月のあかりが「0」の形をした雲をうっすらと浮かび上がらせていた。ゼロというより、ただの輪だ。これまでの二十一日間がなければ、僕はそれを数字とはみなさなかっただろう。

タロットループ二十二日目、最終日。フール、愚者の日。

午前〇時五十九分。

そして——。

時計が一時をまわったのは、文字盤を見なくてもわかった。

とてつもない音で鐘が鳴り響いた。

除夜の鐘のようなごーんという音ではなく、カランカランという教会の鐘のような音色だった。祝福という言葉を連想させる、荘厳で美しい音。もっとも、優雅に聴き入る余裕などないほどの大音量だ。

僕はとっさに耳をふさいだ。たいして意味がなかった。どこから鳴っているのだろうと窓をひらく。方向としては「0」の形の筋雲からのようだ。だが、たとえ防音室に入っても音を遮断することはできないだろうと直観的にさとる。空から頭の中へ、音が直接響いてきている感じだった。

本館に目を向ける。客室はどの部屋も暗いまま。かなりの騒音だが誰が起きる気配もない。やはり天海さんと同じように、僕にしか聴こえない音なのだろう。

鐘は一分ほどでやんだ。

とくに変化は——。

いや。

抜け落ちている。

それに気づいたとき、僕は声をあげそうになった。

一日目、世界の日が「情報」だけになっている。

たとえるならば読書感想文だ。自分が書いた感想文の中身は憶えている。なのに、読んだはずの本の内容を、いやその本を読んだことさえ定かでない。表紙の色。ページをめくる音。本の匂い。主人公たちの大冒険。あらゆる質感がそぎ落とされ、自分はその本を読んだのだという情報だけが無機質に横たわっていた。

記憶は、たしかに消えている。

わずかに残っている初日の手ざわりはおそらく、二日目以降に想い返したものと、今ノートに書いた文章とでできている。

記録しておいてよかった。

いつものように朝まで寝過ごしていたらと思うとぞっとした。

僕はノートのページをめくった。

次の日の出来事を細かく想い起こし、書き連ねていく。

二日目、審判の日。この日のことは絶対に忘れたくなかった。ひまりの笑顔をはじめて目にした日。なのに――。

夏の花がひらいたような笑顔も。

胸を高鳴らせた僕のとまどいも。

一時間後には、ただの情報になってしまう。

最後の〝初対面〟を果たしに、船着き場へ向かう。

時刻は八時五十分。僕はすでに、節制の日までの記憶を失っていた。台車を押して坂を下りる。大型客船の到着を待つまでの間、必死にノートを読み返した。

今日インプットしたものは二十二時まで忘れることはない。頼りはこのノートだけだ。

ノートだけ？

違うだろ。

僕は自分を殴りつけたい気分でかぶりを振った。もっと頼りになるものがあるじゃないか。

船が接岸し、いつもの三人がタラップを下りてきた。

「島全体がパワースポットって感じ」

「海も空も綺麗。モノクロ原稿ならベタで真っ黒に塗りたいねぇ」

「なー！」

ひまりがらしくない大声をあげた。埠頭に降り立った彼女に駆け寄り、僕は手を握った。

「はじめまして」

すこしおどけて言う。返事はない。代わりに、力をこめて握り返す指の感触。その力が何より雄弁で、涙がにじみそうになった。

大丈夫、彼女がいる。

ノートだけじゃない。忘れてしまったことがあれば、ループをともに過ごしてくれた大切な相手に訊けばいいのだ。

「ちょっと。私のひまりにいきなり何？」

「天海ちゃん、いいの！」

僕の手を押さえた親友をひまりは制した。

「お願い。今日だけはふたりでいさせて」

恋人がふるえる声でそう言ったとき、鐘が鳴り響いた。

午前九時だ。

僕は死神の日の記憶を失った。

神社でキスをしようとして拒絶された日。ほろ苦いけれど大切な想い出だ。その苦さも、あのとき肩に載った彼女の頭の重さも、鐘の音とともにさらさらとこぼれ落ちる。

ざらついた情報だけになっていく。

「どうした？」

「大丈夫ぅ？」

いつの間にか膝をついていた。ひまりに支えられ耳を押さえる僕を、天海さんと浜辺さんがのぞきこんでいる。ふたりの漫才のようなかけあいは今日はない。わかっていた。いつもどおりの一日になんて、なるわけがないことは。

恋人とともに台車を押す。僕が右側、ひまりが左側。片手ずつなので不安定だが仕方がない。

僕らは一日中手を繋いでいる約束をした。

三人分の荷物を載せた台車はすぐに坂を下りたがる。まともに進めない僕らを見かねて、結局、天海さんと浜辺さんが交替で台車を押してくれた。

ふたりに感謝し、僕らは後ろを歩く。

「ずっと言おうと思ってたことがあるんだ」

「うん」

「お祭りでは、ちゃんとつきあう前に……その、しようとしたりして、ごめん」

「わたしこそ」

ひまりは言葉を切り、あいている左手の指を折った。日数をかぞえているのだろう。

僕のせりふの不自然さに気づいたようだ。

「……なんで憶えてるの？」

僕は早起きしてループ中の想い出をノートに記したことを話した。

「きみ、やっぱり頭いいね」

「事前に聞いてたおかげ。〝五千年前〟の天海さんに感謝」

自分の名前が聴こえたからか、天海さんがちらりとこちらを振り返った。すぐに向きなおり、台車を押す。

「だからさ。憶えてることは多いから。いつもどおりに話してくれていいから。いつもだったらこんな感じじゃん。何？　何を？　なぁに？　チューのこと？　で、僕が赤面する流れ」

「わたし、そんなかな？」

恋人はひかえめに笑った。

「そのノート読みたいな」

「読ませるつもりで書いてない」

「けち」

いつもの坂をうつむきがちに歩く。木洩れ日の揺れる路傍。いつもと同じ位置で、蝉が仰向けに鳴いていた。弱々しい動きで羽がふるえている。やがて活動を終える生命が短く鳴くのを耳にしたとたん、全身が汗ばむような焦りにつつまれた。

夏が終わってしまう。

握った手に力をこめる。やわらかく握り返してくる感触。

「なーこそ、いつもどおりでいてよ」

「ほんとだね」

僕は力なく笑った。

「寝不足だからなあ」

「心中のあとみたい」

台車を浜辺さんに任せ、天海さんが振り返った。首をひねり不思議そうな顔をしている。

「あんたたちが何話してるか、全然っわかんない」

「ごめんね天海ちゃん」

「いいさ。幸せそうだし」

天海さんは白い歯を見せて笑った。かつて自分もタロットループに巻きこまれたことも知らずに。

「仲良しさんなんだね」

台車を押す浜辺さんも振り向いた。

「ふたりをモデルに描いてもいい？　甘ぁいラブストーリー」

「漫画ですか？」

「そう漫画ぁ。あたし、漫画留年決めたんだぁ」

浜辺さんはアシスタントをしながらプロの漫画家を目指すつもりだといういつもの話をした。これからも〝毎日〟続くのだろう、天海さんと浜辺さんの黄色い笑い声が夏空に吸いこまれていく。

僕は恋人の手を握ったままうつむいた。揺れる木洩れ日の間に涙が落ちた。


チェックインを終え、庭園の休憩所でイッヌと過ごす。

僕たちは長年連れ添った夫婦みたいに想い出話をした。〝昨日〟ひまりが望んだとおりに穏やかな、なんでもない日だった。

一時間ごとに鐘が鳴り、記憶は消えていった。

さらさらと、掬ったはずのにごり湯が掌から逃げていくようだった。

水辺では紅《あか》とんぼが飛んでいる。夏の間、庭に華やかさを添えていたひまわりは、よく見ればもうこうべを垂れていた。すこし早いひぐらしの声。夏枯れの落ち葉。雨が降る前の、冷たい風。

終わってしまう。

僕はふたたび思った。

お別れの瞬間は、じわじわと近づいていた。

「行ってみたかったところがあるの」

雨が降り出す直前、ひまりはそう言った。

イッヌを事務所に返し、僕らは離れに向かった。僕の部屋。誰にも邪魔されない場所で、ずっと手を繋いで過ごした。

雨があがり、雲がいつもの夕焼け色に染まる。

僕は夕食の給仕の仕事を休んだ。ひまりは友人たちに「ふたりで食べて」とメッセージを送った。

陽は暮れ、星空に見慣れた花火があがる。

二十二時が近づく。愚者の日——今日の記憶が失われる刻《とき》が。

「今日はお風呂はいいや」

「僕も」

同じ気持ちだった。

ひとときでも離れたくない。

じつをいうと、僕は怖《おそ》れていた。重ねた日々の記憶がこぼれ落ちていくほどに、ひまりへの想いも薄れていくのではないかと。だんだんと、自分が彼女を好きでなくなっていったらどうしよう、と。

無用な心配だった。

彼女を愛おしく想う気持ちは、夜中、目覚めたときから胸の中にあった。今日の気持ちはまだ消えていない。今この瞬間の自分は、これまでで一番強く彼女を愛している自信があるくらいだ。

窓の外。夜空にうっすらと層をなす雲が流れている。七千年前から同じように照らしているであろう月が綺麗だ。

「ひまり。最後のお願い」

僕はメモ用紙を一枚ちぎり、ボールペンで文字を書き連ねた。書き終えるとそれを丸め、ひまりと繋いでないほうの手に握る。

「二十二時になったら、このメモを僕に見せて」

恋人はこくりとうなずいた。

やがて、二十二時の鐘が打った。

◇

なんだ。

何が起きている。

僕は自室のベッドに腰をかけ、隣に座る女性の手を握っていた。直前の記憶を想い起こす。

ここだ。このベッドで眠りについたはずだった。もちろんひとりで。昨日、八月二十九日はいつもどおりに勉強と旅館の手伝いをし、日付が変わるより前に床に就いた。起きたら――いや、目が覚めた憶えさえない。なんの前触れもなく、今この瞬間にワープしてきた感覚だった。

女性が手を伸ばし、僕の右手の拳をひらいた。

くしゃくしゃの紙切れが出てきた。広げると文字が書かれていた。書いた憶えはないが、僕の字だ。

混乱する頭でメモを読み上げる。

「僕へ。この女性は藤壺ひまり。誰よりも大切な僕の恋人。僕は八月三十日を二十二回繰り返し、今すべてを忘れてしまった。驚かなくていい。ただ彼女を抱きしめてあげていてほしい。するべきことは多くない。ポケットの中のノートを彼女に渡すだけでいい」

何度見ても、たしかに僕の字だった。

繰り返し？

ノート？

なんだそれは。

「心配しなくていい。彼女が何より大切だってことは記憶じゃなくてその胸が知ってるだろ？」

僕の字が言うとおりだった。

とまどう心の奥に、夏の陽ざしに照らされたみたいに、ぽかぽかとあたたかいものがあふれている。幸福と名づけてかまわないほどに祝福をおびた気持ちが。

僕はスラックスのポケットをさぐった。

小さなノートが出てきた。フロントで売っている、澪島の写真が表紙のノートだ。入れた憶えはない。

「見ていいの？」

女性がつぶやいた。耳に心地いい、力の抜けた声だった。

自分の知らない自分は、彼女にノートを渡せと言っている。メモが命じるとおりに、僕は腕の中の女性にノートを渡した。

一ページ。

また一ページ。

読み進めるごとに彼女の肩がふるえていった。

「なーの馬鹿！　もっと早く読ませてよ」

虹彩の綺麗な瞳が僕をにらみ、すぐさま視線をもどす。

「全部憶えたいのに。あと二時間しかないのに。全部、一言一句憶えるから。この手紙は絶対明日へ持ってくの！　手紙は消えても、内容は絶対持ってく！　何を忘れてもこの手紙だけは忘れないから！」

女性と一緒に、書いた憶えのないノートに目を通していく。

あぁ、僕は。

本当にこの人のことが好きだったんだ。ノートは彼女への手紙だった。書かれている内容は、胸の内にあるあたたかい想いとたしかに一致している。

「やだ。やだ」

女性が勢いよく首を振る。左耳の上で虹色の蝶をあしらった髪留めが揺れた。

「泣いちゃだめなのに」

ノートに水滴が落ちた。女性は嗚咽とともに言った。

「なーは笑顔が好きなんだから、笑ってなきゃだめなのに」

ハンドタオルを差し出すと、ひったくるように取られた。彼女はタオルを頬にあて、ノートを読み進めた。

「わたしのことばっかりじゃん……もー。どれだけわたしのこと好きなの。なー。違う、猫じゃないの……馬鹿……手紙で笑わせようとしなくていいの……馬鹿って言いすぎ。

そんなことない！ わたしのほうがなーを好き。絶対。ねぇ、こんな、最後なのに、馬鹿だよ。こんなに、はじめて言われることばっかり」

「きみのほうが馬鹿馬鹿言ってるよ」

「馬鹿！」

やわらかい拳が膝を叩く。

それから彼女は二時間かけて、手紙に目を通し続けた。何度も何度も。本当に一言一句暗記するつもりらしかった。

間もなく日付が変わる。

「ひまり」

僕は不思議と彼女をそう呼び、迷いなく言葉を続けることができた。ノートの字も、胸の鼓動も、そのとおりだと言っている。

「大好きでした」

「やだ。過去形で言わないで」

二十四時が近づく。

「やだ。やだよぉ」

二十三時五十九分。

「なー」

「ひまり」

記憶を失っているらしい僕はずっと、手紙を暗記しようと焦る女性の手を握っていた。

穏やかな気持ちだった。大切な相手だということを心が、魂が知っていた。

「なー、やだ」

二十三時五十九分五十九秒。

「わたしを置いて明日へ行かないで！」

二十四時。

眠りにつくように世界は消えた。

◇

藤壺ひまり様

ノートだけど、これは手紙です。

はじめは自分のための備忘録のつもりでした。でも、あなたは絶対に読みたがるはず。

そう思って手紙として書きなおしました。

今、午前二時をまわったところです。聞いていたとおり、世界の日と審判の日の記憶を失いました。

だけど、嘘みたいによく憶えています。

二日目にはじめて目にしたあなたの笑顔。恥ずかしいけれど、三日目以降も何度も何度も頭のなかで反芻していました。だからかな。思った以上に憶えています。

ひまりはいつでも僕を知らない世界へと連れていってくれたね。

ほんとにさ、次に何をしはじめるか予想がつかないんだよ、ひまりは。

赤ちゃん言葉。

夏の島の怪異。

間接イッヌ。

馬鹿なせりふもひとつひとつ、全部憶えてるよ。

なー、なー。猫みたいに僕を呼んで甘えてくるあなたのことが好きだった。

一瞬一瞬が宝物みたいで。

ずっと見ていたい。いつまでもふれていたい。話を、声を聴いていたい。いつもそう思っていました。

大切な想い出がたくさん。こんなに素敵な人、世界中のどこにもいないでしょう。なんたって、七千二百歳なんだし。

逆に、僕はきみに何をあげられただろう。

真面目で面白みもなくて、人生経験もぜんぜん少ない僕は、退屈じゃなかったかな。ほんと言うといつも不安でした。

僕はきみに釣り合ってた？

きみに何かを与えられた？

僕といて楽しかったかな？

今でも自信がありません。ひまりの気持ちはきっと、僕の想いよりずっと小さいかもしれない。だって、こんなにひまりが愛おしい。信じられないくらい大きくて、扱いきれないくらいの好きが胸の内にあります。

こんな自分、きみと出逢うまでは知らなかったよ。

ひまり。

タロットループを僕と過ごしてくれてありがとう。

最後に。これは備忘録。

最後の瞬間まで、ひまりと記憶を共有できるよう、二十二日間の全部を想い出しながら記録します。

もちろん、こんなメモだけじゃ足りない。どれくらい書き連ねたって、僕らが過ごした時間の密度にはぜんぜんかなわないね。

ひまり。僕がいなくなったあともきみらしく、たくさん笑いながら生きていってください。

自室にて。二十四時まで僕が僕でいられることを願いながら。

〔世界の日〕

この日はまだループに気づかず。ひまりと初対面。綺麗な子だけど表情が死んでる。

〔審判の日〕

ひまりの髪留めが昨日と違う。盗み見た笑顔が目に焼きついて勉強が手につかない。

〔太陽の日〕

庭でひまりと話す。ループを認めない彼女。夏祭りと花火。海中温泉で背中をとんとんしてくれた。好きになりはじめる。

〔月の日〕

庭で話す。タロットループという現象だと教えてくれた。トゥクトゥクで暴走。楽器を弾く姿が素敵。ひまりが好き。

〔星の日〕

神秘の浜で海水浴。水着姿にドキドキしたことは内緒。連絡先を交換。やっぱりひまりが好き。

〔塔の日〕
工房でガラス細工体験。芸術が爆発するひまりが好き。
〔悪魔の日〕
レンタサイクルで澪島一周。雨宿り。藤壺ひまり。名前も好き。
〔節制の日〕
海沿いのキャンプ場で海鮮バーベキュー。たくさん食べるひまりが好き。
〔死神の日〕
二度目のお祭り。肩に頭を載せてくれたひまりがほんと好き。でも、キスしようとなんてしなければよかった。
〔吊るされた男の日〕
二十二日間で一番辛い日だった。同じ旅館にいるのに一緒に過ごせなかった日。でも。すれ違っていてもひまりが好き。
〔正義の日〕
髪留め百個を製作。ひまりがループを抜けられないと知り絶望した日。だけど恋人同士になれて幸せにつつまれた日。展望ラウンジでキス。心中。七千二百歳のひまりが大好き。
〔運命の輪の日〕

心中の余韻が残る一日。湊の船で迎えに行く。作戦会議。やりたいことノートを作成。敬語をやめた僕をからかうひまりが大好き。
〔隠者の日〕
ウユニ塩湖。サプライズを仕掛けてくるひまりが大好き。
〔力の日〕
モンサンミッシェル。すぐに映画の登場人物になりたがるひまりが大好き。
〔戦車の日〕
カッパドキア。河童《かっぱ》がいなかったことを嘆くひまりが大好き。
〔恋人たちの日〕
ローマ。大好きな映画を何回も観てるひまりが大好き。
〔法王の日〕
台湾。僕をなーと呼ぶひまりが大好き。
〔皇帝の日〕
韓国。ひまりの力の抜けた声が大好き。
〔女帝の日〕
シンガポール。紐なしバンジー。優しいひまりが大好き。
〔女教皇の日〕

島でゆっくり。倫理観がぶっ壊れてるひまりが大好き。
〔魔術師の日〕
ひまりの家にお邪魔する。忘れたくない一日。ひまりが大好き。
〔愚者の日〕
ひまりを愛してる。

◇

ひと足先に僕は行くよ。
未来で必ずきみを待ってる。

入江渚沙より

第四章　同じで違う恋人

泣きながら目を覚ましたのは五千年ぶりだった。

半身を起こし、窓の外に広がる海原に目をやる。朝陽を受けた水面は木洩れ日がきらめくように光っていた。

大型客船の一室。二段ベッドの下。無限に続く一日が今日もはじまる。壁の汚れの数も形も、シーツの皺の位置も〝昨日〟と同じ。上から響いてくる友達のいびきも、いつもどおりの音階。

扉がひらき、五千年前にわたしを泣かせた張本人が爽やかな顔をのぞかせた。

「おはよう。二日酔い平気？」

いつもと変わらない挨拶に、今日は「うん」とだけ返す。船に乗る前に食べたディナーが胃にもたれている感じがするのも、毎日変わらない。

と、天海ちゃんはわたしの顔をのぞきこみ、いつもと違うことを言った。

「……なんで泣いてるの？」

親友はポケットから取り出したハンカチでわたしの頬をぬぐった。無言でされるがままになりながら想い出す。

きみの部屋の匂い。きみの声。二十四時を迎える瞬間まで手を握っていてくれた、きみの体温。

またすこし、涙があふれた。

はまべちを起こし、船内の食堂で朝ごはんを食べた。お茶漬けくらいしか喉を通らなかった。化粧室で顔を洗う。髪にブラシを通しながら、逃げ出したい気持ちになった。今日のきみはもう、わたしを憶えていない。繰り返す世界の風景にもどってしまったきみに、わたしはどんな顔で逢えばいい。どうしたら自分を失わずにいられるだろう。

このまま船を降りず神津島《こうづしま》まで行ってしまおうか。そうしたいのに、いつかのきみの言葉が袖を引く。

――毎日、波止場で言ってください。何度だって僕を好きって。誓います、そのたび僕は必ずあなたを好きになる。

ブラシを置き、ポーチをひらく。時間をかけてメイクをする。今まででいちばん綺麗な自分で再会しようと心に決めた。

左耳の上をヘアクリップで留める。今日は〝一月二日〟。鏡餅の髪飾りをつける日だ。

船が接岸するのをラウンジで待った。澪島に到着した旨のアナウンスが流れる。列をなすお客さんたちに続いて外に出た。

「島全体がパワースポットって感じ」

天海ちゃんと。

「海も空も綺麗。モノクロ原稿ならベタで真っ黒に塗りたいねぇ」

はまべちのあとを追って、船尾側の下船口から降りる。

旅行客であふれた埠頭。いつもどおりの場所に、空の台車を押す彼の姿を見つけた。灰色のスラックス。純白のポロシャツ。癖のある黒髪を潮風になびかせ、こちらに近づいてくる。

彼がわたしをじっと見つめている気がした。いや、気のせいではない。たしかに目が合っている。わたしが凝視しているせいだろうか。それとも、もしかして――。

彼の瞳の中に、繰り返した七千二百年とは違う色が宿っていないかさぐる。

タラップを下り、小走りで彼に近寄った。口角をあげる。目もとの力を抜き、自然に細める。自分にできる最高の笑顔で、わたしは言った。

「はじめまして」

とたん、涙腺が緩むのを感じた。きつく唇を引き結び、せりあがってくる感情をこらえる。彼は深く頭を下げ、旅館のスタッフとして申し分のない表情で微笑んだ。やがて不思議そうに首を傾け、

「藤壺様ですか？」

とたずねた。

限界だった。視界がにじみ、突きあげるように嗚咽がもれた。膝から力が抜けていく。くずおれた体を彼の腕が支えた。

これはきみではない。

彼はわたしを憶えていなかった。

看板犬と一緒に中庭でお話ししたことも。

ふたりで海中温泉に足を浸したことも。

百個の髪飾りをつくってくれたことも。

プライベートジェットに乗って外国をめぐったことも。

わたしの家で夏野菜カレーを食べたことも。

想い出は全部、ぜんぶ失われてしまった。

わたしを愛してくれたきみは、もういない。

彼はもう一方の手も台車から離し、わたしの背中をさすった。遠慮がちに、でも宝物をいつくしむようなやわらかさで。知っている。きみがもどってきたわけではない。これはこの人の優しさなのだ。撫でる手に合わせて体が揺れる。掌の体温が伝わってくる。

胸の奥が発火したように熱くなり、次から次へ涙があふれた。

見上げると、天海ちゃんとはまべちがまごついた表情を浮かべていた。かまわずわたしは、彼の腕のなかで泣き続けた。

こうして、わたしの恋は終わった。

「お客様」

彼の声に、やがてとまどいが混じりはじめた。その声色は〝昨日〟と決定的に異なっていた。あの部屋でわたしを慰めてくれたきみは、恋人の涙に困惑することなどけっしてなかった。

わたしは立ちあがり、泣き顔を隠して背を向けた。港の出口にある観光案内所を見据える。

「お客様？」

「わたしをお客様と呼ばないで！」

気づけば捨てぜりふとともに歩み出していた。

わたしの手首を握る天海ちゃんの手を払い。

「ちょっと、ひまり」

「どこ行くのぉ？」

不安げなはまべちの声を背中に聴きながら、埠頭の喧騒をかきわける。

「おきゃ……藤壺様？」

こんなのもう、耐えられない。

キャリーケースを置きっぱなしにしたまま港を離れる。

月の日にきみとトゥクトゥクで走った海沿いの道をひとりゆく。追ってくる友人たちを追い返し、駐在さんの自転車に追い抜かれ、郷土資料館にたどり着いた頃には正午になっていた。

中に入るのは何日ぶりだろう。何十年ぶりかもしれない。五千回以上通った二階建ての古い建物に入館する。

埃《ほこり》とかすかなカビの匂いをかぎながら、木造船の展示を過ぎて受付へ。くすんだガラスの向こうに、いつもどおり眠たげな館長が座っている。

ポーチから出した硬貨をトレイに置く。チケットを渡されるのを待たずに、一階の展示室の奥へ駆ける。人もまばらな薄暗い室内。たち並ぶ農具と獣の剝製コーナーの間に願いをかなえる石がある。

いびつなモアイの形をした灰色の石にわたしは手を伸ばした。お願い。すがるように顔を近づけ、祈る。

多孔質の火山岩の表面は粗い。無数にあいた穴のひとつに指が引っかかった。薬指の先が裂け、血がにじんだ。ざらついた表面をさらに撫でる。幾度も、力をこめて。掌の皮膚が破れていく感覚が胸の痛みをまぎらわせてくれる。

コーガ石、お願い。

心の内でつぶやく。

七千二百年前の〝今日〟がおのずと想い出された。

――この素敵な一日がいつまでも続きますように。

もうじゅうぶんだよ、コーガ石。

願いをかなえてくれてありがとう。楽しかったよ。美しい南の島で、大好きな友達と毎日一緒に過ごせた一日。一生かかっても読み切れないほどの本を読んで、お気に入りの映画を何度も観て、いくらでも趣味や学問に時間を費やせた一日。時を止めた世界は何をするのも自由で、素敵だった。でもね――。

「わたしの願いは変わったの」

心から望む一日は、もう今日じゃない。ここにはないんだ。

「わたしがほしいのは、なーとの明日」

――ひと足先に僕は行くよ。

明日のきみに逢いに行きたい。毎日わたしを忘れてしまう彼じゃない。わたしを愛してくれたきみのもとへ。

届け。両手で石にふれる。届け。表面の凹凸を強くなぞる。届け――そのとき、体がふいに水の中に沈んだ気がした。

現実の自分は資料館にいる。なのに、もうひとりのわたしがふわりと、何ひとつつまりのない世界に漂いだしたような感覚。潮の匂い。かすかな浮力。すべてのものが波打ち、揺らぐ。

不思議だった。はじめての、いや、この感じには憶えがある。

――心からの願いじゃないとかなわないからね。

七千年前。最初に願いを告げたとき、似た感覚をおぼえなかったか。

掌でふれた石が小刻みにふるえている気がした。振動を通して、心の深い部分がコーガ石と繋がっている。

「全然言えなかったんだ、わたし」

わたしは石に語りかけた。

「なーは、いっぱい言ってくれたのに」

――もう困ってます。

「失言でも」

――はじめて笑顔を見たときには好きになっていた気がします。

――はい。ひまりが好きです。

「わたしが言わせたときも」

――僕をなーと呼ぶひまりが大好き。

「お手紙でもいっぱい言ってくれた。でもわたしは一回くらいしか言えてない。それもさ、ごまかしながら、ほとんど心のこもってないやつ。ひどいよね。きみに逢えたら、今度はちゃんと伝える。ゆっくり、時間をかけて話してあげたいの。その場のノリじゃない言葉で、本当のわたしの気持ちを」

モアイの顔が耳を傾けているように見えた。

「これが今のわたしの心からの願いだよ」

ふたたび声に出して願う。

「お願いコーガ石」

――未来で必ずきみを待ってる。

「わたしの時計を未来に進めて！」

――。

水底から浮上する感覚とともに現実感がよみがえる。

自分の声がかすかな残響となり、虚空に溶けていった。

エアコンの音と、館長のいびきが聴こえる。

コーガ石に変化はない。だが落胆はしない。七千二百年前もこうだった。この石は謎の声で応えることもなければ、かすかに光ったりもしないのだ。

深く息をして、ひりついた手を離す。

胸の内に静かな確信がある。

凪いだ気持ちで展示室をあとにする。館長が居眠りをしている受付を通り過ぎ、外に出た。空を仰ぎ、入道雲の横をたしかめる。

輪が――。

ひとつだけになっていた。

「∞」の形の雲は消え、ドーナツのような、投げ輪のような歪《ゆが》んだ円がただ一個、浮かんでいた。

願いは、通じたのか。きみの好きな笑顔をつくろうとして、ふと真顔にもどる。

いや、輪ではない。

怖気《おぞけ》が全身を貫いた。

これは、ゼロだ。

願いはかなえられた。ただしもっとも望まない形で。それに気づいたとたん、一帯に荘厳な鐘の音が響き渡った。

ときおり、もどかしい気持ちになる。

どこかの中庭で楽しいおしゃべりをしていた気がする。誰かと一緒に花火を見たような、あたたかい腕がわたしの肩を抱いていたような、幸せな感触がある。

あやふやで、あいまい。それでもたまに正体不明な強い想いをこの胸に連れてくるから、わたしは心の内でそっと、その何かに手を伸ばす。伸ばした手はいつも、何もつかめないまま空を切る。

人の記憶は本質的には空想と違いはないという。

脳は現実と想像の区別をつけずに、ものを憶えては取り出している。

だからたぶん、これは、いつか見た夢。あるいはかつて読んだ本の物語。それか、はまべちの得意な――。

「妄想、かな」

山手線を降りたわたしは、発車のメロディに合わせて独り言をつぶやいた。一日中、同じ場所をまわり続ける電車が扉を閉め、慌ただしい音を立てて目黒駅を離れていく。

スーツの皺を気にしながら、新品のパンプスを踏み鳴らして階段をのぼった。駅の時計を見る。まだ五時前だ。人事部の先輩いわく、明日から忙しくなるらしい。不安だった。新入社員として自分はうまくやれるだろうか。

ふと思う。この階段を誰かと一緒にのぼった気がする。脈絡もなく、四皿の夏野菜カレーが脳裏に浮かぶ。また、例のもどかしい気持ちがやってきた。

この気持ちになるとき、想い出すのはいつもあの夏の卒業旅行だった。友人たちと二泊三日で行った八月の澪島だ。

初日、現地に着いたとたん、はまべちが風邪を引いた。驚いたけれど、天海ちゃんとふたりで郷土資料館やお祭りを楽しんだ。

翌三十一日は、初日に港まで迎えに来たスタッフの子が教えてくれたオススメスポットをめぐった。熱がすっかり下がったはまべちと三人で標島の観光もした。

そして九月一日、宿の人たちにお礼を言って島を離れた。短い旅だったけれど忘れがたい想い出だ。

あれから半年。

わたしは大学を卒業し、旅行代理店に就職した。入社式と研修を終えたばかり。天海ちゃんは海外勤務だ。アメリカのウォール街で働いている。はまべちは夢をかなえて漫画家になった。週刊連載を抱え、ものすごいスケジュールで仕事をしている。

もう、あの頃のように毎日一緒にいることはできない。そのさみしさが心にふたしかな空しさを感じさせている。それだけのことなのだろう。

自動改札にカードをタッチする。響いた電子音が隣の改札の音とぴたり重なった。完璧に同じタイミングで鳴ったことがおかしくてつい、隣の人を盗み見た。

二十歳くらいの男の子だった。清潔そうな白いシャツをまとい、綺麗な姿勢で西口へと歩みを進めている。

と、癖のある黒髪の奥の瞳がこちらに向いた。

じろじろ見すぎたか。わたしは視線をそらし駅を出た。だがその子と離れることはできなかった。信号を渡り、権之助坂を下り、アーケードの商店街にさしかかっても、わたしたちはほとんど隣を歩き続けた。

たまにあるやつだ。

利用者の多い駅である。同じタイミングで電車を降り、目指す方向も同じ、歩く速度もそう変わらない相手ならこうなる。まるで一緒に帰るようにつかず離れずを保ってしまう。

坂を下るほどに春の匂いが増していく。目黒川に満開に咲く、桜の香りだ。

結局、彼とは橋のところまで一緒に歩いた。どこかお互いを意識しながら、別々の道を行く。

彼は川沿いの遊歩道へ。

わたしは交差点の先の大通りへ。

普段ならわたしも遊歩道を抜けるが、今は「桜まつり」の時期だ。花見客でごった返している場所を突破するより遠まわりを選びたい。

別れ際、なんとなく振り返った。

目が合った。

彼もこちらを見ていた。

花吹雪と人混みのなか、彼とわたしのいる場所だけがこの時間から切り離されたように感じた。見つめあう。互いに言葉は生まれない。知人ではないのだ。話すべきことは何もない。

無言の時間が続く。他人同士にしては不自然なほど長い間、視線がからまる。やがて彼は向きなおった。無駄のない足取りで歩む背中が遠ざかっていく。

わたしはその場から動けずにいた。なんだか遠い記憶が刺激されたように感じたのだ。

本当に他人だろうか。彼の顔を想い返す。

どこかで逢ったことがある気がしてならない。

おそらく思い違いではない。あの人もそう感じたからこそ、わたしを見ていたのだ。

大学関係。遠い親戚。まだ名前を把握しきれていない職場の人……。

一帯に五時のチャイムが鳴り響いた。オルゴールに似た旋律に合わせてはしゃぐ子供たちの声が聴こえた。遠くに目をやる。東の空には帳《とばり》が降りはじめ、夜がきざしていた。あの島とは違う、星の少ない都会の夜がはじまる。

「あ」

つい声がもれた。想い出したのだ。彼は旅館スタッフだ。うちの会社とも取引のある、澪島のゐりゑ屋。あの夏、わたしたちが泊まった宿で接客をしていた子だ。

滞在中、何かと親切にしてくれて、ちょっといいなと思っていた。だから憶えていた

——いや、それだけか。

長身の背中が遠のいていく。

本当にそれだけか。

花びらにかき消え、見えなくなる。

だったら。

人混みに紛れ、世界の背景となっていく。わたしはバッグを持っていないほうの手で頬に触れた。湿った肌を指先でぬぐう。

だったら、わたしはどうして泣いているのだ。

空を仰ぐ。波の模様を描いて雲が流れている。暗い雲の下半分は夕陽に照らされ、赤く燃えていた。南の島の夕焼けを思わせる美しく澄んだ茜色《あかねいろ》だった。

つかみかけている。あの夏の忘れ物を。わたしは今。

オルゴールの旋律が鐘の音に変わった気がした。高らかに、さながら耳もとに教会でもあるかのように、鐘が鳴る。祝福めいたその音色とともに——荒波が押し寄せた。寄せては返す記憶の濁流に頭の内側がかき混ぜられていく。頭痛とも違う。めまいとも異なる。一度も経験したことがない感覚だった。追憶。追憶。さらなる追憶。脳の神経の配置がとんでもない速度で変わっていくのをじかに感じる。こそばゆいような、掻きむしりたいような、浮遊感。

混乱する。

これは現実なのか。だとしたらどこからどこまで。記憶が告げる。わたしは永遠とも思えるほど長い時間、八月三十日を繰り返したと。ありえない。ただの空想だ。そう思おうとしても無理だった。心の奥の深いところに、あの夏がたしかに刻まれていた。

想い出が再生されるとともに、あらゆる種類の感情をいっぺんにおぼえる。受けとめきれずパニックになりそうなわたしを、記憶のなかのきみが支えてくれた。

次から次へ、誰も知らない過去がよみがえっていく。

あの島で過ごした七千二百年。

きみとの期限つきの恋。

他愛がなくて、いとおしい会話の数々。

そして、きみがきみでなくなってしまった一日——。

なー。

口が勝手にきみの名を呼ぶ。歩道のタイルの幾何学模様が近い。いつの間にか屈みこんでいた。なー。もう一度呼ぶ。あの夏に置き去りにしてきたものが、すこしも風化せずに胸を締めつけていた。

なー。なー。体じゅうが燃え盛るようだった。まるで自分じゃないみたいに、ふるえる声がきみを呼ぶ。何かの制御装置が壊れてしまったみたいだ。だめだ。これじゃ通行人に心配されてしまう。バッグをひらく。タオルを取り出す。口もとを覆い、声を押し殺してわたしは叫んだ。なー。なー。なー。涙と鼻水でぐじゅぐじゅになりながら、きみだけを呼ぶ。ごめん。ごめんね。ごめんなさい。わたしは、きみのことを忘れてしまっていた。

衝動をおぼえた。胸を突きあげるその気持ちにしたがって立ちあがる。唇を引き結ぶ。両手で頬を叩く。涙を拭いたタオルをバッグにしまい、わたしは駆け出した。

エピローグ

目黒川沿いをわたしは走っていた。

履き慣れないパンプスで花びらを蹴散らし、「桜まつり」と書かれた提灯がともる遊歩道を駆ける。花の匂い。新芽をふいた植物の香り。眼下に流れる川の面《おもて》では、ピンク色の花筏《はないかだ》がまだら模様を織りなしている。

追いつけるかどうかなんて関係ない。

もう一秒だって待てなかった。

想い出したばかりの番号に半年ぶりの電話をかけた。きみのアカウントを登録しなおし、メッセージも送った。電話は繋がらず、返信もない。

連絡先が変わっているのかも。そう思ったら居ても立ってもいられなかった。

想い出を胸に抱え、薄暗い道をひた走る。

人混みをかきわける。氷を浮かべたクーラーボックスで発泡酒を売る露店を過ぎる。

魔術師の日、きみと買い物袋をさげて歩いた道をたどる。

一言一句憶えている最後の手紙の言葉を抱きしめ、地面を蹴る。

わたしは馬鹿だ。

こんな大切なこと、どうして忘れてた。

きみに伝えられなかったことがたくさんある。

きみじゃなくて、わたしなんだよ。

わたしのほうが、もっときみのことが好きだった。年上だから。大学生だから。余裕ぶったふりをしていたけど、きっと、きみ以上にドキドキしてたのはわたしのほう。

ふざけてばかりいたのは、照れくさかったから。

ずっと一緒にいたい。ふれていたい。いつまでもおしゃべりしていたい。そう思っていたのはわたしも同じ。勉強も宿の手伝いもどうでもいいから、わたしといようよ。毎日だってそう言いたかった。

こんなに不真面目なわたしのことを好きになってくれてありがとう。

わたしだって、全部の瞬間を宝物だと思っていた。

ごめんね。ちゃんと伝えればよかったよね。

真剣になりすぎてしまうことが怖かった。好きになればなるほど、失ったときに辛くなる。そう思って心にブレーキをかけていた。でも、そんなブレーキなんてとっくに壊れてしまうくらい、わたしはきみに恋してた。

こんなに臆病なわたしのことも愛してくれてありがとう。

きみはわたしを想い出してくれるだろうか。

ううん、そんなのどうでもいい。

きみでいい。

きみがいいんだ。

明日でわたしを待っていてくれたきみ。

手を引いて、あの夏からわたしを連れ出してくれたきみ。

きみのいない未来を生きていくことなんてもうできない。

わたしを忘れたきみだって、きみなんだ。

だから。どうか、もう一度——。

……見つけた。区民センターの橋の近くにきみの後ろ姿があった。鼓動が打つ。指先がふるえる。息ができないほど胸が詰まる。足をとめ、無理やり深呼吸をひとつして、わたしはめいっぱいの笑顔をつくった。

「な……」

きみを呼ぼうと声を張りあげたときだった。

綺麗な女の子がきみのそばに走り寄ってきた。二十歳くらい、友達だろうか。人懐っこく微笑んで隣に並ぶ。彼女の瞳がたたえている感情にはわたしも憶えがあった。もしかして、友達ではなくて……。

そうだよね。

肩を落とし踵を返そうとしたとき、同じくらいの年の男女十人ほどがきみたちに合流した。ラケットを背負っている子が多い。きみはきっと大学に受かったんだね。テニスサークルに入ったのかな。

どこかほっとした気持ちになっていることを自覚すると、にわかに冷静さがもどってきた。

何をひとりで舞いあがってるんだ、わたし。気持ちが急速にしぼんでいく。きみに声をかけたとしてどうなる。たとえ再会しても、きみがわたしを受け容れてくれるはずがない。

きみはわたしに逢いに来たんじゃない。サークル仲間と花見に来ただけだ。それだけ。期待するほうが馬鹿だ。これは半年前に終わった恋。きみの青春を奪う権利なんて、七千二百歳のおばあちゃんにあるわけがない。

帰ろう。勢いよくひるがえり、自転車進入禁止の柵に膝をぶつけた。痛みで涙がにじむ。

「こんなもの」

誰にも聴かれないほどの声で毒づく。八つ当たりして柵を蹴る。すこしも動かない柵にわたしのほうがバランスを崩し、ふらふらと植えこみに踏み入ってしまう。

唇を噛み、花びらが流れる川面《かわも》をにらむ。

桜の幹を殴ろうと持ちあげた手首を、誰かにつかまれた。息をのむ。体がこわばる。まさか、このうえ酔っ払いにまでからまれるのか。しかしその手は優しく、わたしの腕を静かに導き、下ろしていく。

耳もとで懐かしい声がした。

「藤壺様……ですか？」

振り返らなくてもわかった。わたしを安心させてくれる喋り方。長くて綺麗な指。そばにいるだけで感じる熱気。涙をためてうなずくと、やっぱり、と嬉しそうな声が返ってきた。

「おかしいと思われるかもしれませんが、ずっと、あなたを待っていた気がするんです」

「……おかしくない。合ってるよ」

ふるえる声でそう応えた瞬間。

勢いよく肩を抱かれた。抗《あらが》えない力で引き寄せられ、わたしはきみの腕のなかにおさまった。背中に灼熱《しゃくねつ》のような体温が接する。一瞬で跳ねあがった鼓動は、きっと伝わってしまっているだろう。

わたしをつつむ腕に、そっと手を添える。

そのとき、遊歩道に光が満ちた。まばゆさに目をつむる。ふたたびあけると、あたりはいつか一緒に見た花火のように色彩につつまれていた。

桜のライトアップがはじまっていた。

マジックアワーの夜空が群青と橙のグラデーションをつくっている。それを背に、川沿いは一面、濃淡の異なるピンク色に染まっていた。

「話してあげるね」

きみの腕を抱きしめ、まぶたを閉じる。

ゆっくりと、時間をかけて話してあげよう。

わたしたちが出逢った日のことを。溶けそうな陽ざしを浴びながら駆け抜けた二十二日間を。涙とともにお別れした最後の日を。

世界中でわたしだけが憶えている、あの夏にはじまったこの恋を――。

あとがき

関係者のみなさま、はじめまして。姉崎《あねさき》あきかです。

お手に取っていただきありがとうございます。この本は私のデビュー作です。ご縁あって本書が今、関係者のあなたの手のなかにあることを、これ以上なく嬉しく感じます。

……関係者？

べつに自分は関係者じゃないけど？　と思っているかもしれません。ですが私としては出版社の方や書店員さんと同様、読者さんも「関係者」だと感じずにはいられません。

一冊の本を世に出すというのは、著者以外にもたくさんの人が関わっている一大プロジェクトでした。多くの方々のなかで、たまたま表紙や背表紙に印刷されているのが私の名前であるだけ……そんな感覚です。

美しいイラストでカバーを彩ってくださった染平《そめひら》かつ様。装丁デザインを引き受けてくださった鈴木《すずき》様。右も左もわからない新人を導いてくれた担当編集者の駒野《こまの》様、小松《こまつ》様。丹念に事実関係やミスをチェックしてくださった校閲者様。営業や宣伝の担当者様。印刷会社、取次会社、および全国の書店と書店員のみなさま。

ひとりひとりに感謝いたします。ありがとうございます。

ちなみに、この感謝は面と向かって頭を下げるようなお礼ではありません。例えるのならアーティストのライブ。開演直前のステージの袖で、同じ方向を見つめながらそっとつぶやくような「ありがとう」です。

そして一大プロジェクトのメンバーには、この本を読んでくださったあなたもふくまれています。

小説は誰かに読まれてこそ小説となる。読み手が頭のなかに物語を描いてくださらないかぎり、文字の羅列、インクの染みにすぎません。ある意味では、読者さんこそいちばんの関係者かもしれません。

あなたもまた、同じように舞台袖にいる。

……とすると観客席にいるのは誰だろう。まだ本書に出逢っていない人たち、かな。

そんなわけで機会があれば、こんなふうにおっしゃってくださると嬉しいです。

自分は姉崎あきかの関係者である、と。


あらためて、星の数ほどある本のなかからこの一冊にめぐり逢ってくださったことに感謝。ほかでもないこの本にたどり着いたということは、きっと、何か無意識のレベルで共鳴するところがあるのでしょう。私はわりとそういうのを信じるタイプです。天海ちゃんがしそうな話ですが。

読み終えたあと、すこしでも世界の見え方が変わっていれば幸いです。

＜初出＞
本書は、第31回電撃小説大賞で《メディアワークス文庫賞》を受賞した『タロットループの夏』を加筆・修正したものです。

メディアワークス文庫

夏空《なつぞら》と永遠《えいえん》の先《さき》で、君《きみ》と恋《こい》の続《つづ》きを

姉崎《あねさき》あきか

2025年4月25日　初版発行

発行者　山下直久
発行　株式会社KADOKAWA
〒102-8177　東京都千代田区富士見2-13-3
0570-002-301（ナビダイヤル）
装丁者　渡辺宏一（有限会社ニイナナニイゴオ）
印刷　株式会社暁印刷
製本　株式会社暁印刷

ISBN978-4-04-916274-5 C0193

メディアワークス文庫　https://mwbunko.com/

本書に対するご意見、ご感想をお寄せください。

あて先
〒102-8177　東京都千代田区富士見2-13-3
メディアワークス文庫編集部
「姉崎あきか先生」係

第30回電撃小説大賞《メディアワークス文庫賞》受賞作

心獣の守護人

―秦國博宝局宮廷物語―

羽洞はる彦

凸凹コンビが心に巣食う闇を祓う、東洋宮廷ファンタジー！

二つの民族が混在する秦國の都で、後頭部を切り取られた女の骸が発見された。文官の水瀬鷲は、事件現場で人ならざる美貌と力を持つ異端の民・鳳晶の万千田苑閂と出会う。

宮廷一の閑職と噂の、文化財の管理を行う博宝局。局長の苑閂は、持ち主の心の闇を具現化し怪異を起こす“鳳心具”の調査・回収を極秘で担っていた。皇子の命で博宝局員となった鷲も調査に臨むが、怪異も苑閂も曲者で!?

優秀だが無愛想な苑閂と、優しさだけが取柄の鷲。二人はやがて国を脅かすある真相に辿り着く。

メディアワークス文庫

第30回電撃小説大賞《選考委員奨励賞》受賞作

無貌の君へ、白紙の僕より

にのまえあきら

これは偽りの君と透明な僕が描く、恋と復讐の物語。

なげやりな日々を送る高校生の優希。夏休み明けのある日、彼はひとり孤独に絵を描き続ける少女・さやかと出会う。

————私の復讐を手伝ってくれませんか。

六年前共に絵を学んだ少女は、人の視線を恐れ、目を開くことができなくなっていた。それでも人を描くことが自分の「復讐」であり、絶対にやり遂げたいという。

彼女の切実な思いを知った優希は絵の被写体として協力することに。

二人きりで過ごすなかで、優希はさやかのひたむきさに惹かれていく。しかし、さやかには優希に打ち明けていないもう一つの秘密があって……。

学校、家族、進路、友人——様々な悩みを抱える高校生の男女が「絵を描く」ことを通じて自らの人生を切り開いていく青春ラブストーリー。

メディアワークス文庫

第28回電撃小説大賞《メディアワークス文庫賞》受賞作

きみは雪をみることができない

人間六度

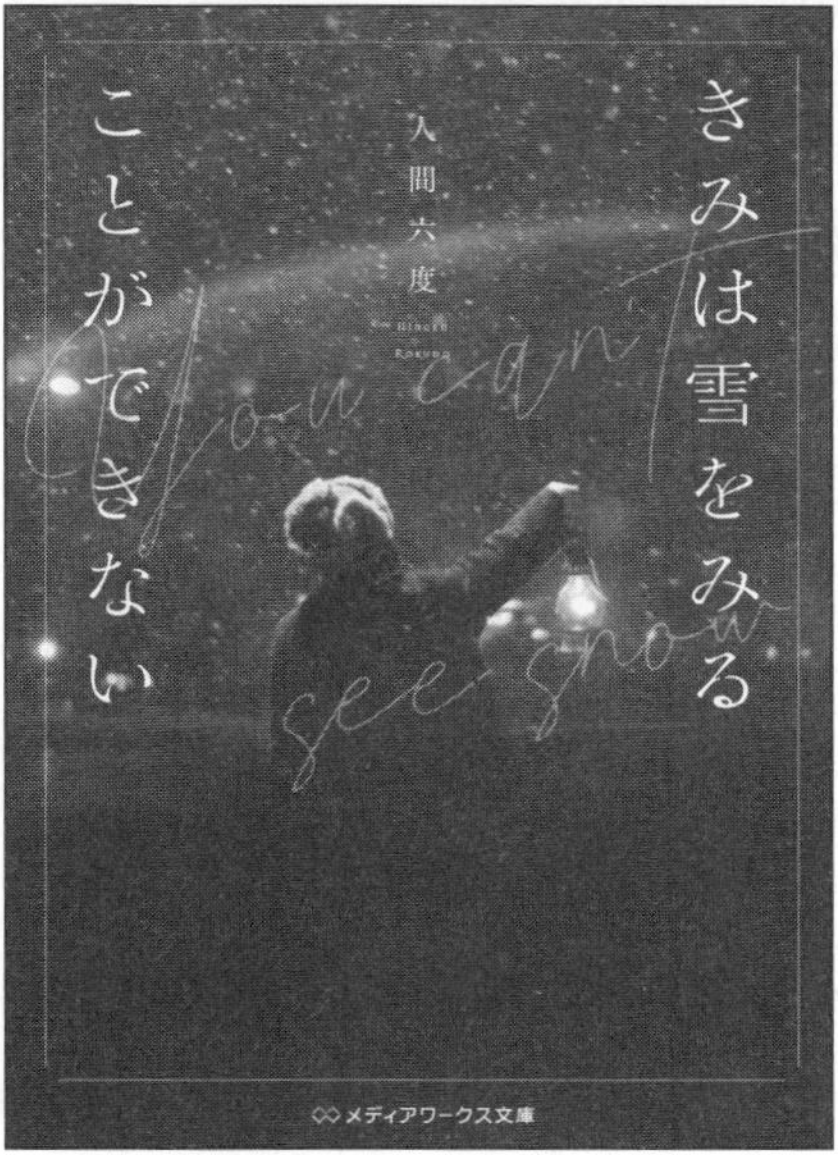

恋に落ちた先輩は、
冬眠する女性だった——。

ある夏の夜、文学部一年の埋　夏樹は、芸術学部に通う岩戸優紀と出会い恋に落ちる。いくつもの夜を共にする二人。だが彼女は「きみには幸せになってほしい。早くかわいい彼女ができるといいなぁ」と言い残し彼の前から姿を消す。

もう一度会いたくて何とかして優紀の実家を訪れるが、そこで彼女が「冬眠する病」に冒されていることを知り——。

現代版「眠り姫」が投げかける、人と違うことによる生き難さと、大切な人に会えない切なさ。冬を無くした彼女の秘密と恋の奇跡を描く感動作。

会うこともままならないこの世界で生まれた、恋の奇跡。

メディアワークス文庫

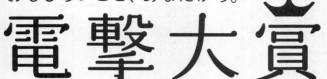